원도

원도

ⓒ 최진영 2024

초판 1쇄 발행 2024년 3월 30일
초판 4쇄 발행 2024년 5월 10일

지은이 최진영
펴낸이 이상훈
문학팀 최해경 김다인
마케팅 김한성 조재성 박신영 김효진 김애린 오민정

펴낸곳 (주)한겨레엔 www.hanibook.co.kr
등록 2006년 1월 4일 제313-2006-00003호
주소 서울시 마포구 창전로 70 (신수동) 화수목빌딩 5층
전화 02-6383-1602~3 **팩스** 02-6383-1610
대표메일 munhak@hanien.co.kr

ISBN 979-11-7213-037-4 03810

원도

최 진 영
장 편 소 설

차
례

원도   9

난 혼자요 하고 말하자

여인숙 주인이 숙박부에 그렇게 적었다.

이 추운 겨울밤.

_ 고바야시 잇사(小林一茶, 1763~1828)

○

　어떤 아이는, 배고프다며 울다가도 엄마가 밥을 차려주
면 숟가락을 집어 던지며 더 크게 운다.
　원도가 그런 아이였다.
　엄마 아니면 그 무엇도 아니야.
　그런 아이였다.
　엄마 아니면 아무것도 아니야.
　숟가락을 집어 던지며 울던 아이. 울다가 토하고 멀건
토사물 위에서 발버둥 치던 아이. 허기를 밀어내고 엄마를
밀어내며 끝없이 아니라고 발악하여 결국 엄마를 울리던
아이. 울던 엄마가 등을 돌리면 벌레처럼 기어가 엄마 몸에
들러붙던 아이. 모든 힘을 소진하고 실신한 듯 잠들면 꿈속
에서도 울음을 흘리던 아이, 원도.

○

　이제 원도는 어른이다. 먹을거리를 스스로 마련해야 하
는 어른. 배고프면 직접 밥을 차려 먹고 설거지까지 해야
하는 어른. 설거지하다가 그릇을 깨면, 깨진 그것을 직접 치
워야 하는 어른. 가끔은 자기 아닌 타인에게 너 밥은 먹었
니 물어보는 어른.
　스스로 목숨을 끊을 수도 있는 어른.

○

　가로등과 사람을 피해 걷고 걷다가 마주친 낡은 여관. 그곳에 닿지 않으려고 정처 없이 걷던 사람처럼 여관 간판을 보자마자 원도는 등을 돌린다. 고드름도 생기지 않을 만큼 지속적이고 빈틈없는 추위. 겨울바람이 악에 받친 적군처럼 몰아친다. 몸을 잔뜩 움츠린 채 바람에 맞서 한 걸음 한 걸음 내딛던 원도가 담벼락 밑에 천천히 쪼그려 앉으며 입안 가득 고인 뜨거운 것을 게워내듯 뱉는다. 짓이겨진 딸기처럼 시뻘건 피가 언 바닥에 스며들지 못하고 동그랗게 고인다. 검은 봉지에 담겨 으슥한 곳에 버려진 불법 쓰레기 같은 원도. 사람들이 그것을 피해 걷는다. 검은 봉지를 채운 것이 무엇인지도 모르면서.

　당연히 쓰레기겠지.

　누군가 쓰다 버린 더러운 생활의 잔재겠지.

　망설임 없이 확신하는 자라면 그나마 원도에게 단 한 번의 눈길이라도 던져본 자들이다. 망설이기 위해, 원도가 점퍼 주머니에서 담배와 라이터를 꺼낸다. 바람이 라이터 불을 꺼뜨린다. 담벼락을 마주 보고 앉아 담배에 불을 붙이려 애쓰는 원도. 담배를 문 입술이 바들바들 떨린다. 불꽃이 올라오지 않는다. 라이터를 거세게 흔들어보기도 하고 담벼락에 탁탁 쳐보기도 한다. 소용없다는 것을 안다. 알고도 하는 짓이다. 더 망설여야 한다. 최대한 망설여야 한다. 곱은 손으로 옷깃을 단단히 여미고 점퍼에 달린 검은 모자를 눌러쓴다. 바람이 모자를 벗긴다. 다시 눌러쓴다. 입술에 들러붙은 담배가 나부끼는 나뭇잎처럼 흔들린다.

원도야. 저곳이다.

원도가 여관 쪽을 힐금 쳐다본다. 이름 없이 하얀 바탕에 '여관'이란 빨간 글자만 새겨진 간판. 바람이 거듭 모자를 벗긴다. 춥다고 말할 수 없다. 춥다는 말로는 부족하다. 너무 추워 얼어 죽을 것 같다고 말할 수도 없다. 그것은 지나치다.

새빨갛게 언 귀가 검푸른 빛에 가까워진다.

여관의 네모난 창문 하나가 하얗게 켜진다.

사람이 있다는 신호.

저곳이다. 원도야.

원도가 일어난다.

펄럭이는 양복바지가 원도의 앙상한 다리를 드러낸다.

○

대실이요, 숙박이요?

여관 주인이 묻는다. 원도는 말이 없다.

자고 갈 거요?

주인이 다시 묻는다. 망설이는 원도.

……혼자요?

주인이 몸을 약간 일으켜 원도 주변을 힐금거린다. 누렇게 들뜬 데다 붉은 멍으로 얼룩진 원도의 얼굴을 미심쩍은 눈초리로 올려다보던 주인이 205호 열쇠를 건네며 방값을 부른다. 주머니에서 구겨진 지폐 몇 장을 느릿느릿 꺼내는 원도.

아가씨 불러요?

돈을 받으며 주인이 덧붙인다. 끝내 입을 열지 않은 원도가 천천히 계단을 오른다.

아저씨.

주인이 작은 창 너머로 얼굴을 내밀며 원도를 부른다.

여기서 이상한 짓 하면 안 돼. 장사하는 데야, 여기.

고개를 돌려 주인을 잠시 쳐다보던 원도의 입술이 미세

하게 벌어진다. 벌어진 그 입에서 흘러나온 소리를 주인은
알아듣지 못한다.

○

여관방의 차가운 손잡이를 움켜쥐고 한동안 가만히 서 있는 원도. 잠금 버튼을 꾹 누른다. 좁고 퀴퀴한 방 안을 멍청히 쳐다보던 원도가 신을 벗지 않고 장판 위에 올라선다.

손님이라곤 오직 원도뿐인 듯 고요하다. 소리를 찾으려 벽에 귀를 바짝 갖다 댄다. 먹먹하다. 그대로 주저앉는다. 라이터를 켠다. 라이터를 든 손이 붉게 빛난다. 담배에 불을 붙인다. 연기를 내뿜으며 숨을 내쉰다. 처음 쉬는 숨처럼 낯설고 어줍다. 숨을 깊이 들이마신다. 공기가 폐까지 가지 못하고 목젖 주변만 맴도는 것처럼 갑갑하다. 공기를 훔치듯 조심스럽게 숨을 쉬며 원도가 묻는다. 사는 동안, 잊을 만하면 튀어나와 원도를 궁지로 몰아넣던 질문. 때론 가소롭고, 때론 무섭고, 때론 고통스럽던 질문. 글자나 소리로 이루어진 대답이 아닌, 원도 자체를 요구하던 그것.

왜 사는가.

이것은 원도의 질문이 아니다.

왜 죽지 않았는가.

이것이다.

○

　원도가 여섯 살 되던 해에 아버지가 죽었다. 물을 마시고 죽었다. 원도는 그 아버지를 죽은 아버지라 칭했다. 구분이 필요했다. 죽은 아버지가 죽고 얼마 후 산 아버지가 나타났으니까. 원도는 종종 입속으로 '죽은 아버지'라는 다섯 글자를 또박또박 읊곤 했다. 그 순간 엄습하는 아슬아슬한 긴장감이 원도를 흥분시켰다.

　원도는 죽은 아버지의 죽음을 지켜봤다. 그때 원도는 죽음이 무엇인지 몰랐다. 혹은 이해하지 못했다. 어렸기 때문에? 믿을 수가 없어서? 알 수 없다. 죽은 아버지는 물을 마셨고, 쓰러졌고, 일어나지 않았다. 원도가 받아들인 사실은 그뿐이다. 움직이지 않는 죽은 아버지를 흔들며 울었던가? 그저 잠든 것이라 생각하고 초롱초롱한 눈으로 만화영화를 봤던가? 죽은 아버지를 따라 납작 엎드리는 장난을 치며 낄낄낄 웃었던가? 알 수 없다. 기억에 없다. 죽은 아버지가 죽고 몇 년 후 원도는 마침내 글자를 배운다. 그리고 잃어버렸던 기억의 퍼즐 조각 하나를 찾아낸다.

　만족스럽다.

다섯 글자가 적힌 종이를 어머니 방에서 우연히 발견하고 읽게 된 순간 머릿속에서 필름 되감는 소리가 들렸다. 죽은 아버지가 물을 마시기 전 원도의 스케치북에 남긴 짧은 메모. 불안정한 상태에서 휘갈겨 쓴 글씨는 아니었다. 쓰지 않고 그린 것처럼 보였다. 정성과 신중함이 느껴졌다.

죽은 아버지는 주방에 선 채 원도의 스케치북 위에 '만족스럽다'라는 다섯 글자를 오랫동안 공들여 적었다. 물을 마셨다. 죽었다.

완벽에 조금 더 가까워진 영상이, 영화의 예고편처럼 신속하게 핵심을 짚으며, 호기심을 자극하면서도 결정적인 진실은 은폐한 채, 깜깜한 마음의 극장에서 상영되었다.

○

　한 번도 꺼내본 적 없지만 틀림없이 있었던 일. 분명 존재하나 전혀 관심 두지 않았던 기억의 조각이 하나 더 있다. 원도는 그 조각에 아무 의미도 부여하지 않고서 열두 살이 되고 열다섯 살이 되고 스무 살이 되었다. 영영 떠오르지 않아 불필요한 조각이 될 수도 있었던 그 기억을 산 아버지의 말 한마디가 불러냈다. 원도가 일 년 가까이 술과 담배와 당구에만 전념하던 시절, 산 아버지의 말이다.

　그럴 수 있다. 이해한다. 난 네가 자유롭게, 원하는 대로 살아가길 바란다. 누구도 네게 이렇게 살아라 저렇게 살아라 강요할 수 없다. 널 비난할 수도 없어. 하지만 무책임하게 보낸 지금 이 시간을 넌 분명 후회하게 될 거다. 너는 네 인생에 책임감을 느껴야 해. 원도야, 노는 즐거움은 순간이다. 앞날을 생각해라. 남들이 어떻게 사는지 봐라. 그들이 무엇을 하고 있는지 봐라.

　원도는 산 아버지의 기나긴 말을 새겨듣지 않았다. 하나하나 옳은 말이라서 딱히 새겨들을 말이 없었다. 어디에 방점을 찍어야 하는지도 알 수 없었다. 그것은 누구에게나

18

들을 수 있는, 어디에서나 읽을 수 있는, 분명 옳은, 모두의 말이었다. 산 아버지가 아니라 죽은 아버지라도, 죽은 아버지가 죽지 않고 살아서 그 시절의 자기를 본다면 했을 게 분명한, 그런 말이었다. **아니다. 나의 말은 그것이 아니다.** 원도는 자기 인생을 책임지고 싶지 않았다. 자기 인생이 무엇인지도 알 수 없었고, 자기만의 인생이란 게 과연 가능한지도 알 수 없었고, 알 수 없는 그것을 책임지겠다고 선뜻 나서고 싶지도 않았다. 듣는다면, 이런 말을 듣고 싶었다. 네 인생을 책임져라가 아니라

네 인생은 없다. 너만의 그것은 없다. 그러니 안심해라. 맘껏 낭비해라.

혹은

당장 나가 죽어버려! 벌레만도 못한 새끼!

하지만 원도는 산 아버지의 말을 그저 들었다. 알 수 없기에 믿을 수도 없는 자유로운 삶보다, 원도의 항복에 만족한 산 아버지가 어서 배트를 들고 와 그 순간을 끝내주기만을 바라면서.

넌 아직 어리다. 모르는 게 많고 지켜야 할 게 많은 나이지. 잘 들어라. 그런 것은 점점 더 많아질 거다. 원도야, 나는 괜찮다. 내게도 그런 시절이 있었으니까. 널 이해할 수

있어. 하지만 엄마를 생각해라. 네겐 무엇이든 네 마음대로 할 자유가 있지만 주변 사람들도 생각해야 한다. 그게 어른이다. 그래야 어른이다. 엄마가 얼마나 슬프겠니. 그 마음을 생각해라. 그럼 네가 무엇을 해야 할지 알게 될 거다.

무릎을 꿇고 앉아 묵묵히 듣던 원도가 참지 못하고 입을 열었다.

이해해요?

의자에 앉아 있던 산 아버지가 원도를 향해 상체를 기울이며 "응?" 하고 물었다.

이해해요? 나를?

산 아버지가 흔쾌히 대답했다.

그럼! 난 널 이해한다.

괜찮다고요? 내가?

물론이지. 괜찮아. 아버지를 믿어라. 원도야.

그 말. 원도는 그와 같은 말을 들은 적 있다.

아버지를 믿어라, 원도야.

죽은 아버지가 죽기 전 원도에게 마지막으로 남긴 말.

스케치북 위에 '만족스럽다'라는 다섯 글자를 공들여 적고, 아버지를 믿으라 말하고, 물을 마시고, 죽었다. 죽은 아버지는.

○

　사랑하던 여자가 있었다. 믿었던 친구가 있었고, 존경
하던 선배가 있었고, 시기하던 동료가 있었다. 법이 없다면
갈기갈기 찢어 죽여버렸을, 특히 혀, 더러운 그 혀와 눈을
찢어발겨 똥통에 처박아버리고 싶던 자들이 있었고, 선생
이 있었고, 아끼던 후배가 있었다. 아내가 있었고, 딸이 있
었다. 잊을 수 없는 모욕과 경멸, 쉽게 잊고 만 실패와 감동,
주체할 수 없는 원망과 분노, 비열한 순간과 절망의 날들.
그리고 희망. 꿈. 하고 싶고 갖고 싶고 이루고 싶었던 것들.
하지만 그때의 경멸이 정말 경멸이었는지, 감동이 정말 감
동이었는지, 절망이, 희망이 정말 그것이었는지 확신할 수
없다. 아내가 무엇인지, 동료가 뭐고 선생이 무언지, 그들
이 어떤 자들인지. 결국 다 한통속이고, 진흙처럼 엉긴 덩어
리일 뿐이다. 그 안에서 각자의 자리를 바꾸더라도 크게 다
를 바 없는, 결국 나를 배신하거나 기만하거나 파멸시키기
위해, 아니 꼭 그것만을 위해 존재하는 것은 아닐지라도 그
래야만 생존할 수 있는 자들의 덩어리라는, 그런 느낌뿐이
다. 괴롭다. 그 무엇도 명확히 말할 수 없다. 하지만 분명 존

재할 것이다. 결정적인 순간이. 내 인생이 뒤틀려버린 단 한 순간이. 알아야 한다. 그때 내게 무슨 일이 있었는지, 내가 어떤 선택을 했는지를. 중학생 때였나. 아니 고등학생 때였던가. 〈스카페이스〉란 영화를 봤다. 겨울이었다. 방 안에 틀어박혀 생라면을 부숴 먹으며 유선방송 채널을 돌리고 돌리다 그 영화에 걸려들었고, 영화를 보는 내내 주인공 토니처럼 살지 못할 바에야 차라리 죽는 게 낫겠다고 생각했다. 그런데, 마지막에, 토니가 죽었다. 비참하게 죽어버렸다. 이러나저러나 죽어야만 하는 게 결국 삶이라면 기왕에 죽을 것, 토니처럼 살다가 토니처럼 죽어도 나쁘지 않겠다고 생각했다가, 토니는 그런 식으로 죽지 않을 수도 있었다는 데 생각이 미쳤다. 망설이지 않고 경쟁자와 그 아이들을 죽였다면 돈과 권력을 누리며 오래오래 살 수도 있었다. 누구라도 죽일 수 있지만 아이만큼은 죽일 수 없다고 생각한 바로 그 순간, 자신이 살아온 방식에서 잠깐 어긋나는 선택을 한 그때 토니의 코앞으로

와락

죽음이

다가왔다.

내게도 그런 때가 있을 것이다. 내 인생이 삐끗한 단 한

순간. 그것을 찾아야 한다. 샅샅이 뒤져야 한다.

원도는 자신이 살아온 하루하루를 모조리 기억해내려고 한다. 그래야만 답을 얻을 수 있고, 죽지 않을 수 있다고 믿는다. 다 기억해내야 한다고. 퍼즐을 맞춰야 한다고. 점퍼 안주머니에서 낡은 수첩과 펜을 꺼내 천천히 숫자를 적는다. 365. 44. 1460. 1460. 16060. 마지막 숫자를 빤히 쳐다보던 원도가 고개를 젓는다. 나는 이렇게 많은 날을 살지 않았다. 채 1000일, 아니 100일, 그래 열흘, 아니 오늘, 오늘 하루도 제대로 살지 못했다. 오늘의 일조차 다 기억하지 못한다. 어두운 방 안에서, 원도가 눈을 감는다. 감은 눈 안에서 미세한 빛이 번쩍인다. 어릴 땐 이 빛을 세균이라고 생각했지. 눈병에 걸리면 어쩌나 걱정했지. 그리고 또 우주라고 생각했지. 내 눈 속에 우주가 있다고, 눈을 감으면 우주로 가는 통로가 열린다고.

눈을 감으면 우주가 보여, 엄마.

말하고 싶었다.

엄마도 보여?

물어보고 싶었다.

학교에서 지구와 금성과 목성과 태양 따위를 배웠던 날. 반딧불처럼 사소한 빛이 점점이 박힌 우주 사진과 태양

계의 사진이 너무나 달라 보여서, 태양계와 우주는 전혀 상관없는 것이라고 이해했던 그날, 혹은 그날과 가까운 어느 날, 좋아하는 여자애가 있었다. 학급 회의 시간이었던가. 부회장이었던 그 애가 이름이 기억나지 않았는지 혹은 아예 몰랐는지, 원도를 원도라고 부르지 않고 거기, 거기라고 작게 말하며 손가락으로 원도를 가리키다가, 결국 단념하고 원도 뒤에 앉은 남자애 이름을 또박또박 불렀다. 그래서 여자애의 물건을 망가뜨리고 욕하고 발로 찼다. 견디다 못한 여자애가 울었고, 그 사실을 안 선생이 당구 채를 들고 달려왔고, 원도는 반 아이들이 보는 앞에서 엉덩이를 맞았다. 선생이 말했다.

공부도 못하는 놈이 벌써부터 깡패 짓이야!

등 뒤에서 낄낄 웃는 소리가 들렸다.

그와 비슷한 말을 쫓아간다. 고등학생 때였다.

이 점수로 니가 할 게 양아치 짓밖에 더 있겠어?

다시 쫓아간다.

씨발, 대갈통도 돌인 새끼가 공도 존나게 못 차.

낄낄 소리도 계속 따라온다. 멈추지 않고 쫓아간다.

니가 가진 게 뭐가 있냐. 얼굴이 잘났냐. 운동을 잘하냐. 노래를 잘하냐. 뭐 하나라도 잘하는 거 있어? 집에 돈

많아?

공부를 못하진 않았다. 못한다고 말하기엔 넘치고 잘한다고 말하기엔 부족했다. 하지만 원도는 공부도 못하는 놈이었고, 그게 아니라면, 아무것도 아닌 놈이었다. 외모 역시 잘생겼다는 말도 못생겼다는 말도 어울리지 않았다. 운동도, 노래도, 돈도 마찬가지.

다시 쫓아간다.

야, 남자 새끼가 존나 소심하게. 왜? 쪽팔려?

하루살이처럼 들러붙는 낄낄 웃음소리. 다른 말을 찾아본다. 산 아버지의 말이다.

원도야. 점수가 중요한 게 아니다. 의지가 중요한 거지. 네가 정말 열심히, 죽을 만큼 공부했는데도 점수가 안 나올 때, 그때는 최소한 너 자신한테는 당당할 수 있는 거다.

아니다. 같은 말이다. 산 아버지의 말은 "씨발, 대갈통도 돌인 새끼가 공도 존나게 못 차"와 다르지 않다. 그리고 그 말은 어느 여름밤 마주친 어머니의 텅 빈 눈빛과도 다르지 않다. 자정 넘은 시간이었다. 방에 틀어박혀 열심히, 비록 죽을 만큼은 아니지만, 그래도 졸음을 참아가며 연습장에 영어 단어를 기계적으로 써 내려가던 원도가 자기도 모르게 쿵! 책상에 머리를 박았다. 번쩍 눈을 뜨고 뒤를 돌아봤다. 아무도 없다는 것을 알지만, 앎을 조롱하듯, 감각과는 다른 영역에서 언제나 누군가가 지켜보고 있었다. 배가 고팠다. 주방으로 나가 냉장고 문을 열었다. 먹을 만한 것을 찾는데, 어머니가 화장실에서 나왔다. 무더운 밤이었다. 냉장고의 노란 불빛이 어머니의 몸과 어머니를 빼닮은 원도의 얼굴을 은은하게 물들였다. 어머니는 원피스라기엔 너무 얇고 부드러운 옷을, 입었다기보다는 걸치고 있었다. 얇은 그것 위로 나체가 비쳤다. 안방에서 버라이어티쇼 방청객들의 웃음소리와 산 아버지의 낄낄낄이 섞여 들렸다. 어머니와 원도의 눈이 짧게 마주쳤다. 어머니는 마치 그 자리에 아무도 없는 것처럼, 의자나 옷걸이를 스쳐 지나가듯 원도를 지나쳐 안방으로 들어가 문을 닫았다.

엄마는 엄만데 나는 뭐지.

방으로 들어온 원도가 천천히 의자에 앉으며 생각했다.

엄마는 엄만데 이건 뭐지.

오른손에 생달걀이 들려 있었다. 그것을 쥐던 순간이 기억나지 않았다. 원도는 생달걀의 모서리를 송곳니로 깨고 걸쭉한 그것을 쪽쪽 빨아 먹었다. 비리고 느끼했다. 구역질이 났다. 배가 고팠다. 뒤에서 누군가가 말했다. 공부도 못하는 새끼가. 원도만 들을 수 있는 말이었다. 또한 알아들을 수 없는 말이었다. 낄낄낄. 어떤 놈이 **바로 당신** 웃었다. 원도는 속으로 욕을 뇌까렸다. 어머니와 그 짓을 한다는 욕을 여러 번 했다. 그리고 죄책감에 빠졌다. **아니다.** 이것은 내게 필요한 기억이 아니다. **아니다. 그것이다.** 원도가 고개를 젓는다. 다른 것이 있을 것이다. **물론이다. 모든 것이다.** 배가 고프다. 눈을 감은 채 몸을 구부린다. 생달걀의 비리고 느끼한 맛이 입안을 맴돈다. 여기서 죽으면 내 시체를 누가 가장 먼저 볼까. 아까 그 여자. 아저씨 이상한 짓 하면 안 돼 하며 나를 이상한 눈빛으로 쳐다보던 여자. 그리고 경찰. 의사. 푸른 내 얼굴. 검은 내 손. 마른 내 혀. 살면서 단 한 번도 나를 직접 본 적이 없는 나는 죽어서 나를 볼 수 있을까. 내가 보는 나는 언제나 거울 속의 나였다. 혹은 유리 속의 나. 좌우가 뒤바뀐 나. 그것은 나지만 내가 아니기도 했다. 비친 나에 불과했다. 그것 아닌 나를 본 적도 없고 볼 수도 없었다. 나를 보고 싶다. 남처럼 보고 싶다. 아내에게도 연락이 갈까. 내가 죽으면 연락처를 알 수 있을까. 찾아낼 수 있을까. 산 아버지는 오지 않을지도 모른다. 하지만 어머니. 어머니가 올 것이다.

원도가 눈을 뜬다.

죽은 아버지는 스케치북 위에 '만족스럽다'라는 다섯

글자를 공들여 적고, 아버지를 믿으라 말하고, 물을 마시고,
일어나지 않았다. 그리고 얼마 후 어린 원도는 생각했다.

　아버지가 이상하다. 엄마가 올 것이다.

○

　어머니가 왔던가? 왔을 것이다. 하지만 기억에 없다. 어머니는 늘 바빴다. 부모 없는 아이들을 돌보느라 바빴고, 죽어가는 노인들을 씻기고 밥을 먹이느라 바빴고, 바쁘지 않을 때는 요한복음을 읽거나 청소를 하거나 우느라 바빴다. 어머니는 드라마를 보며 울었다. 창밖을 보며 울었다. 나사로가 부활하는 부분을 읽고 또 읽으며 울었다. 라디오에서 흘러나오는 옛 노래를 들으며 커피를 마셨고, 그러다 느닷없이 울었다. 소리도 표정도 없이 눈물만 흘렸다. 어머니가 울면 따라 울던 때 원도는 무척 어렸다. 우는 어머니를 멍청히 쳐다보던 때 원도는 약간 어렸고, 우는 어머니를 외면하면서도 흘금 훔쳐보던 때 원도는 교복을 입고 있었다. 또 우시네 하고 대수롭지 않게 생각하던 때 원도는 합법적으로 술과 담배를 하고 있었고, 이제 와서는 어머니의 눈물을 언제 마지막으로 봤는지조차 기억나지 않는다. 엄마 왜 울어? 하고 물어본 적 있던가. 모르겠다. 그저 엄마는 참 여리고 감성적인 사람이라고 생각했다. 물론 어른 원도의 생각이다. 어릴 때 생각은 알 수 없다. **너 때문이라고 생각했다. 다**

른 것을 위해서는 절대 울지 말아야 한다고 생각했다. 어머니의 눈물은 중요하지 않다. 다른 것을 기억해야 한다. **아니다. 그것이다.** 실패의 기억. 그것에 답이 있을 것이다. 실패는 많았다. 성공보다 많았다. 실패라는 말만으로는 부족한, 좌절이나 절망이라는 말로도 부족한 그것. 따지고 보면 모든 것이 실패다. 사랑했으나 헤어졌고 응시했으나 떨어졌고 돈을 가졌으나 파산했고 결혼했으나 이혼했고, 이혼하지 않았더라도 그것은 실패고, 태어났으나 죽을 것이다. 아니, 태어났으니 죽을 것이다. 태어나는 순간은 기억에 없다. 죽는 순간 역시 기억에 없을 것이다. 시작과 끝이 텅 빈 구멍이다. 그 구멍으로 온 생이 콸콸 쏟아져 사라질 것이다. 그것을 묶을 수 없을까. 밀봉할 수 없을까. 어머니다. 어머니가 시작했다. 어머니가 끝내야 한다. 그 구멍에 어머니를 넣어야 한다. 어머니를 반으로 뚝 잘라 절반은 시작에, 절반은 끝에 집어넣어 내 인생이 새지 않도록 구멍을 막아야 한다. 어머니의 몸. 비쩍 마른 그것을 구겨 넣어야 한다. 아니다. 이건 나의 생각이 아니다. 원도가 중얼거린다. **아니다. 너의 생각이다.** 아내를 원했다. 더 원한 여자가 없진 않았다. 하지만 사랑이라 믿었던 그것은 반드시 사라졌고, 그 자리엔 정체를 알 수 없는, 뭐라 이름 붙일 수 없는, 하지만 사랑이 아닌 것만은 분명한 어떤 것이 남았다. 또는 생겼다. 그것이 무엇인지 알 수 없다. 그 때문에 사랑이 무엇인지도 **원하는 모든 것이다** 알 수 없다. 처음 "사랑해"라고 말했던 때를 떠올린다. 고등학생 때였다. 그때 원도의 입에서 배설된 "사랑해"는 '네 손을 잡아도 될까'라는 의미였다. 여자애가 피식 웃었다. 여자애의 손을 잡았다. 얼마 후 다시 "사랑해"라고 말했고, 여자애가 웃기도 전에 그 애의 입으로 혀를 집어넣었다. 며칠 후엔 사랑해란 말도 없이 여자애의 가슴을 만지고 치마 속으로 손을 집어넣었다. 이번엔 여자애가 물었다. "사랑해?" 그때 여자애의 "사랑해?"는 어떤 의미였을까. 무더운 날이었다. 두 사람은 아파트 옥상으로 올라가는 비상구에 앉아 있었다. 손가락에 닿던 번드러운 속치마의 감촉. 그것을 지나자 까칠한 팬티가 만져졌다. 거친 그 느낌에 원도는 잠깐 당황했다. 여자애가 벌떡 일어났다. 사랑해. 원도가 말했다. 여자애가 비웃었다. 비웃으며 머리를 매만지고 교복 치마를 탈탈 털었다. 결국 가질 수 없었다. 사랑한다는 말을 백 번 넘게 하는 동안 그 애의 팬티를 만져본 게 다였다. 그 여자애, 첫사랑이라 믿는 그 여자애의 **아니다** 이름을 기억해내려던 **어머니다** 원도가 표정을 구긴다. 이런 기억은 불필요하다. 아니다. 중요하다. 중요할지도

31

모른다. 모든 것을 뒤져봐야 한다. 그 여자애랑 섹스를 못
해서, 섹스도 못 하고 사랑한다는 말만 남발해서 내 인생이
이렇게 되었나? 그때부터 어긋난 걸까? 방바닥에 침을 뱉
는다. 검은 피가 뒤섞인 침. 담배를 꺼내 문다. 사랑은 쓸모
없다. 그들은 나를 원하는 척하고, 나를 소유하고, 버렸다.
아니다. 내가 먼저 원했다. 라이터를 켜며 생각을 바꾼다.
내가 원했고 **아니다** 내가 소유했고 **아니다** 내가 버렸다 **아니
다**. 그들이 무엇을 원했는지, 무엇을 소유했는지, 무엇을 버
렸는지, 나는 모른다. **너는 안다. 아는 것을 모른다.** 이런 식은
아니다. 이렇게 되는대로, 떠오르는 대로 기억해선 안 된다.
오늘부터 기억하자.

오늘.

오늘의 기억.

○

오늘도 도둑질을 했다. 구멍가게에 들어가 빵을 훔쳤다. 배가 고팠다. 힘이 없었다. 죽어야겠다고 생각하면서도 살기 위해 빵을 훔쳤다. 엊그제는 식당에 들어가 밥을 먹고 주인이 바쁜 틈을 타 도망쳤다. 죽으려면 힘을 내야 했다. 아니다. 배가 고팠다. 그뿐이다. 뭐라도 먹어야겠다는 생각뿐이었다. 돈이 아예 없는 건 아니었다. 빵 정도는, 해장국 정도는 살 수 있었다. 하지만 훔칠 수 있는 건 훔쳐야 했고 도망칠 수 있을 때는 도망쳐야 했다. 걸인에게 적선을 하던 시절도 있었다. 대부분 그런 시절이었다. 집도 있었다. 차도 있었다. 아내도, 딸도 있었다. 그 모든 걸 순식간에 잃었다. 사라진 게 아니다. 집도 차도 아내도 딸도 어딘가에 있다. 하지만 더는 내 것이 아니다.

은행에 다녔다. 은행이란 간판을 걸고 대금업을 주로 하던 곳이었다. 회삿돈을, 사장 돈을, 아니 정확히 말해 고객들의 돈을 내 돈처럼 빌려주는 일을 했다. 돈을 빌려달라고 찾아온 사람의 형편을 까다롭게 따지고 심사하다 보면 때론 스스로가 대단한 사람처럼 느껴졌다. 매일 돈을 보고 만졌다. 아니, 숫자를 보고 만졌다. 숫자가 곧 돈이었다. 200원짜리 자판기 커피를 뽑아 마시면서도 보고 듣고 다루는 돈의 단위는 5000, 8000, 2억, 5억, 30억, 40억이었다. 쓰레기통에 그득 쌓인 종이 쪼가리와 돈이 다를 것 없어 보였고, 늦가을 길바닥에 나뒹구는 노란 은행잎을 보면서도 저것과 돈이 뭐가 다른가 생각했다. 때가 되면 차고 넘치는 것. 의미를 잃으면 쓰레기에 불과한 것. 동그라미 하나에 인생이, 인상이, 체면이, 대접이 달라졌다. 돈이 이렇게나 많은데 돈이 없다고 질질 우는 사람들이 한심해 보이기도 했다. 종이 위에 1과 동그라미 여덟 개만 그려서 내밀면, 기가막히게도, 은행에서는 그 종이를 받고 1억을 내주었다. 물론 그 반대의 경우도 가능했다. 사람들은 종이에 적힌 숫자만 믿고 자신의 전 재산을 은행에 맡겼다. 언제부터인가 그런 행위가, 그런 믿음이 어이없다고 생각했다. 돈과 숫자의, 돈과 종이의, 돈과 쓰레기의 구분이 모호해졌다. 그래서였을까. 차고 넘치도록 많은 그것을, 하나같이 똑같이 생긴 그것을, 글자나 숫자 몇 개를 바꾸는 것만으로도 주인이 뒤바뀌는 그것을, 모두의 것이면서 누구의 것도 아닌 것, 대기업회장의 1만 원짜리나 걸인이 가진 1만 원짜리나 똑같은, 바닥에 떨어진 은행잎처럼 먼저 주우면 임자가 되는 그것 중

일부를 내 것으로 만든다고 해서 그게 그리 큰 잘못인가 하는 생각이 들었다.

그래서 훔쳤다. 훔칠 돈은 많았다. 너무 많았다. 횡령 단위를 조금씩 늘렸다. 그래도 아무도 몰랐다. 원도가 치밀 했기 때문이 아니라 돈이, 숫자가, 그것을 원하는 사람이 너무 많았기 때문에. 너무 많은 그것은 그저 종이였고, 숫자 였고, 쓰레기였다. 들킬까 불안한 마음도 없진 않았다. 아니, 늘 불안했다. 그래서 목표액을 정했다. 아파트 한 채 값을 채우면 바로 그만두자고. 아내는 아파트에 살고 싶어 했다. 어디에나 있는 아파트가 아닌, 특정 지역에 있는 아파트. "어디 살아요?"라는 질문을 은근히 기다리게 되는 그런 아파트. 기회가 있을 때마다 회삿돈을, 아니 고객 돈을 훔치면서 원도는 더 열심히 일했다. 더 까다롭게 심사했고, 이자든 빌려준 돈이든, 돈이라면 반드시 받아내려고 사력을 다했다. 있는 자들에게든 없는 자들에게든 온갖 감언이설로 대출을 권했다.

돈이 돈을 부릅니다. 돈이 돈을 낳습니다. 많은 돈을 가지고 있을수록 더 많은 돈을 가질 수 있는 겁니다. 당연하지 않습니까? 남의 돈이라도 내 돈처럼 생각하고 내 돈처럼 굴려서 일단 돈을 많이 낳아야 합니다. 그게 돈을 버는 순

섭니다. 보세요. 돈은 정말 많습니다. 먼저 줍는 사람이 임
잡니다. 빗물은 흘러 흘러 어디로 갑니까? 바다로 가죠. 돈
도 마찬가집니다. 경제가 어렵다 어렵다 할수록 돈은 한곳
으로 모입니다. 어디로 모이겠어요? 그렇죠! 돈이 많은 곳
으로! 내 돈이 아니더라도 일단 많이 갖고 있는 게 중요하
다 이겁니다. 갖고만 있으면 언젠가는 내 돈이 됩니다. 제
말 억지로 믿으실 필요 없습니다. 저도 사람입니다. 사람이
하는 말은 반드시 의심해봐야 합니다. 그럼 뭘 믿고 사느냐.
말 없는 돈, 생각 없는 돈을 믿으세요. 돈은 틀림없습니다.

　원도는 자신의 횡령에 정당성을 부여하는 말을 타인
에게도 그대로 적용했다. 횡령은 도둑질이 아니었다. 주인
을 분간할 수 없을 만큼 너무 많은 그것의 한 오라기를 줍
는 것뿐이었다. 목도리의 주인은 있지만 그 목도리에서 빠
져나온 먼지 같은 털실의 주인까지 따지진 않는 것과 마찬
가지였다. 돈에 형식적 주인이 없는 찰나, 그 찰나를 포착하
는 것뿐이라고 스스로 최면을 걸었다. 사람들은 성실하고
꼼꼼하고 능력 있는 원도를 전혀 의심하지 않았다. 결국 아
파트 한 채 값을 모두 채웠다. 바로 퇴사하려고 했는데, 퇴
사해서 무슨 일을 하나 걱정이 들었다. 사장이 되고 싶었다.
대우받고 싶었다. 사업 자금만 뽑자고 생각했다. 사업 자금

을 채우면서 진급도 하고 연봉도 올랐다. 목표한 바를 이룬 뒤 정말 퇴사하려고 했는데, 차를 바꾸고 싶었다. 사장 노릇을 하려면 좋은 차를 타고 다녀야 할 것 같았다. 그래. 고급 외제 차 한 대. 그만큼만 더 하자고 생각했다. 물론 차 한 대 살 정도의 돈은 있었다. 두 대, 세 대도 살 수 있었다. 아내가 관리하는 통장만 해도 마흔 개나 되었고, 방 한 칸을 통째로 금고처럼 사용할 정도였으니까. 돈은 있었지만, 자기 돈으로 차를 사고 싶진 않았다. 어쩐지 낭비 같았다. 아내를 위해 아파트를 샀고 가족을 위해 사업 자금을 만들었으니 자신을 위한 선물로 차 한 대는 뽑자고 생각했다.

직원들이 조촐한 환송회를 마련해주었다. 퇴직하자마자 더 넓은 아파트로 이사했다. 쉬웠다. 너무 쉬웠다. 아무 갈등도 방해도 없었다. 인생이 이렇게 쉽게 흘러가나 하는 생각까지 들었다. 무슨 사업을 할까 고민했다. 고민은 오래 가지 않았다. 투기만 한 답이 없었다. 해오던 일이었고, 그래서 자신 있었고, 무엇보다 중요한 건 돈을 종이나 숫자에서 해방시켜야 한다는 믿음. 무조건 물건으로 바꾸어야 했다. 딱딱한 것. 만져지는 것. 변치 않는 것. 잃어버릴 수 없는 것. 그곳에 있음을 늘 확인할 수 있는 것으로. 초반엔 실패도 했다. 실패의 원인은 신중함에 있다고 원도는 생각했다. 큰돈을 벌기 위해서는 욕심을 내야 했다. 치밀한 셈보다 과감함이 필요했다. 망설이지 않아야 했다. 셈과 판단은 순식간에 이루어져야 했고, 이성보다 감각을 믿어야 했다. 흔히들 직감이라고 말하는 그것. 더불어 정보가 필요했으나 정보는 돈으로 살 수 있으니 문제 없었다. 원도는 욕심과 직감과 정보를, 아니 돈을 믿었다. 돈을 가진 자신을 믿었다. 잘못될 일이었다면, 자기가 가진 것들이 자신에게 가당치 않았다면 애초에 일이 틀어졌을 거라고 생각했다. 횡령하는 순간 적발되었으리라고. 아니, 은행에 입사조차 못 했을 것이라고. 모두 자기가 누릴 만하기에 갖게 된 것이라고 믿었다. 망설이지 않고 기회를 잡았을 뿐이었다. 기회는 사방에 널려 있었다. 돈처럼. 빌딩처럼. 땅처럼. 사람처럼. 수단 방법을 가리지 않고 먼저 잡는 자가 임자였다.

원도는 퇴사한 은행의 VIP 고객이 되었다. 그곳의 장점과 약점을, 안전성과 위험성을 누구보다 잘 알았기에 절대 손해 보지 않고 이익만 뽑아낼 수 있을 것이라 생각했고, 한편으로는, 아주 조금, 은혜를 갚는다거나 빚을 갚는다는, 그런 마음도 있었다. 한때 동료이던 자들이 원도의 재력에 놀라는 눈치였으나 어쨌든 VIP 고객이었고, 그래서 극진하게 대접했다. 죽을 때까지 그렇게 살 줄 알았다.

그것이 자기에게 주어진 인생이라 믿었다. 믿음에 이성은 필요 없었다.

그리고 모든 것은 단숨에 무너졌다.

○

　집을 뺏기고 차를 뺏기고 모든 재산을 뺏기고, 원도
는 도망자가 되었다. 누구에게도 자신의 존재를 들키지 말
아야 했다. 아내와는 오래전부터 서류상 남남이었다. 불법
으로 번 돈을 합법적으로 관리하기 위해서였다. 아내는 징
조에 민감했다. 작은 동물처럼, 토끼나 다람쥐나 고양이처
럼, 아주 사소한 불길함에도 온몸의 감각을 바짝 세워 주변
을 샅샅이 살피고, 최악의 경우를 가정하여 후일을 도모했
다. 처음엔 아내의 그런 섬세함이 원도를 끌어당겼고 가족
이 된 후에는 멀어지게 했다. 함께 사는 동안 원도가 아내
에게 가장 많이 한 말은 "내 말 좀 먼저 듣고 얘기해"였다.
아내와 이야기할 때마다 원도는 자신이 괴팍한 재봉사에게
맡겨진 천 쪼가리처럼 느껴졌다. 아내는 원도의 말을 통째
로 기억하지 않았다. 어떤 부분에는 장식을 달고, 어떤 부분
은 아예 잘라내버렸다. 말의 조각과 조각을 내키는 대로 꿰
매서 처음과는 전혀 다른 의미를 만들어냈다. 원도가 위기
에 빠질 징조를 보이자 아내는 순식간에 자기 몫의 재산을
정리하여 감쪽같이 사라졌다. 딸을 위해서라고 했다. 자기

가 아니라 딸을 위해서라고. 원도는 그 말에 수긍하면서도 분노했다. 아버지로서, 가장으로서 가정을 지키지 못한 데 자책감이 들었지만 배신감과 원망으로 괴로웠다. 그때부터 인가? 원도가 생각한다. 투기에 처참하게 실패하고 잊고 살던 횡령 건이 어이없이 적발된 그 순간? **아니다. 그것은 한 방울이다.** 아내가 내 곁을 떠난 그때? **한 방울이자 모든 것이다.** 원도의 눈꺼풀이 바르르 떨린다. 은행에 들어간 게 문제인가. 은행이 아니라 일반 기업에 들어갔다면, 그랬다면 다르지 않았을까? 왜 하필 은행이었던가. 돈이 넘쳐나서, 넘쳐나는 그것의 부스러기에 혀를 댈 수밖에 없는 그곳. 원도는 실체 없는 신용과 약속을 사고파는 곳에 집착했다. 돈은, 그런 곳으로 모여들었다. 돈을 많이 갖고 싶었다. 왜 그랬던가. 미간을 찌푸리며 지난날을 되씹던 원도가 잠시 실소를 터뜨리고, 실소일지라도 자신의 웃음을 용서할 수 없어 혀를 깨물고 제 따귀를 갈긴다.

그녀다.

기억의 신호등에 빨간불이 켜진다. 그녀가 있다. 그곳, 그 자리, 이 불행의 시작에. 완벽하게 잊었다고 생각한 얼굴이 갑자기 튀어나와 원도를 괴롭힌다. 분노와 원망과 울분과 죄책감, 하나의 단어로 단정 지을 수 없는, 묵직하고 단

41

단하게 뭉쳐진 복잡한 감정이 치솟는다. 평생 잊을 수 없을 것이라 믿었다. 절대 지난날이 될 수 없으리라 생각했다. 하지만 결국 까맣게 잊고 만 스스로를 용서할 수 없다. 그녀가 아니었다면 지금의 나도 없다고 원도는 생각한다. 그녀부터 시작해야 한다. 횡령 문제가 아니다. 투기 문제가 아니다. 범법 문제가 아니다. 비록 파산하여 빈털터리가 되었고, 도망자 신세에, 간경화로 매일 피를 쏟아내고 있으며 가족에게도 버림받았지만, 아니 가족에게 가장 먼저 버려졌지만, 그 때문에 당장 내일 죽더라도 이상할 것 없지만 그렇다고 해서 그런 상황에 처한 사람 전부가 죽음에 집착하지는 않는다. 원도의 머릿속에는 버튼 하나로 원도를 박살내버릴 시소가 있다. 죽어야겠다는 생각과 나는 왜 죽지 않았는가라는 생각이 같은 무게로 시소의 양 끝에 앉아 있고, 원도는 어느 쪽으로 몸을 기울일지 선택하지 못한 채 그 중간에 위태롭게 서 있다. 생각은 무게가 없다. 유령처럼 존재하는 그것은 유령처럼 사람을 홀린다. 이성이나 논리가 아니라, 들릴 듯 들리지 않는 숨소리, 보일 듯 보이지 않는 그림자, 잡아먹었는데날뛰고엄마가쿨럭쿨럭심장도불쌍한비명이때리면서사악한폭발해버렸지태양을새하얀어둠과차가운눈물처럼, 규칙도 의미도 경계도 없는 요설로 존재를 지배한다. 시소는 기울지 않을 것이다. 사진에 박힌 풍경처럼 절대 움직이지 않을 것이다. 하지만 변치 않는 그것이 그곳에 있다는 생각만으로도 원도는 자유로울 수 없다. 기울지 않은 시소를 보며 기울었다고 믿는 순간, 원도의 몸도 한쪽으로 기울고 동시에 버튼은 눌릴 것이며, 순식간에 원도는 달리는 덤프트럭으로 뛰어들 수도 있다.

○

전화벨이 울린다. 구겨진 신문지처럼 몸을 잔뜩 웅크리고 있던 원도가 흠칫 놀란다. 검은 방 한쪽 구석에서 빨간 불이 번쩍거린다. 받으면 안 된다. 위험한 전화일지도 모른다. 경찰일지도 모른다. 거머리 같은 그자들일지도 모른다. 원도는 구겨진 몸을 펴지 않고 최선을 다해 기척을 죽인다. 전화벨 소리가 끊긴다. 안도하기도 전에 다시 울린다. 빨갛게 번쩍이는 불빛이 위험을 알리는 사이렌처럼 보인다. 받으면 안 된다고 생각하면서도 원도는 전화기를 든다.

여기 카운턴데요.

여관 주인이 느릿느릿 말을 뱉는다.

아저씨.

잠시 망설인다.

……아가씨 필요해요?

원도가 전화기를 내려놓으려는 순간, 여관 주인이 다급히 원도를 부른다.

아저씨. 아저씨.

전화기를 다시 귀에 갖다 댄다.

아저씨. 내가 느낌이 이상해서 그래. 아저씨. 이상한 짓
하면 안 돼. 여기서 그러면 안 돼.

주인이 엄한 목소리로 호소한다. 원도는 대답 없이 전
화기를 내려놓는다.

○

　남들보다 늦게 대학생이 된 원도는 사람들 사이에 섞여 들지 못했다. 자기보다 어린 동기들과 어울리는 것도, 동갑을 선배라고 부르는 것도 내키지 않았다. 선배라고 부를 수 있을 만큼 학번이 높은 사람 앞에서도 선배라는 말은 잘 나오지 않았다. 선배가 아니라 아저씨 같았다. 게다가 그들은 모두 원도의 경쟁자였다. 고등학생 때와 비슷한 것 같으나 다른 경쟁. 더 복잡하고 치열하고 교묘한 경쟁. 여자 때문이라고 원도는 생각했다. 여자가 보고 있다는 것만으로도, 아니 같은 공간에 있다는 것만으로도 남자들의 경쟁은 그 농도가 진해졌다. 원도를 비롯한 남자들은 자기 아닌 모든 것에 무관심한 척하면서도 내심 상대와 자신을 끊임없이 비교하며 자발적으로 자존심을 다치거나 열등감을 느꼈다. 고교 시절에도 힘과 공부와 운동과 깡과 돈 따위로 경쟁했지만, 그곳엔 적어도, 가까이서 지켜보는 여자가 없었다. 학교엔 남자뿐이었고 여선생은 다섯뿐이었다. 그중 이십 대 선생은 자주 울었다. 애들이 말을 안 듣거나 짓궂게 반항하면 혼자서 꾹꾹 참다가 뒤돌아서서 조용히 눈물을 닦았다.

그 선생을 보며, 그리고 그 선생을 괴롭히는 아이들을 보며 원도는 어릴 때 괴롭혔던 여자애를 떠올렸다. 당구 채를 휘두르던 선생을 떠올렸다. 당구 채가 높이 올라갈 때마다 절로 엉덩이 쪽으로 가던 자신의 오른손.

손 치워, 손 안 치워?

윽박지르던 선생의 위협적인 목소리와 등 뒤에서 들리던 웃음소리.

몇 대 맞을래?

산 아버지의 목소리와 어머니의 텅 빈 눈빛도 함께 떠올랐다. 그날 이후 원도와 눈이 마주치면 침울해하던 여자애와, 새 학년이 되기 며칠 전 여자애가 망설이며 건넸던 눈사람 모양의 지우개와, 그래서 설레던 마음도. 하지만 여자애의 마음을 알 수 없어 미칠 것 같았던 마음. 복도에서 원도와 마주쳐도 못 본 척 지나가던, 더는 침울하지 않고 다만 무관심하던 여자애의 눈빛. 혹은 무관심을 가장한 눈빛. 그래서 더 복잡해진 마음. 개한테 나는 대체 뭐지. 원도가 풀 수 없는 질문. 지우개를 받으며 무슨 말이라도 들었다면, 아니 어떤 내용이라도 좋으니 여자애의 진심을 짐작할 수 있는 쪽지라도 받았다면, 그랬다면 좀 나았을까 하는 부질없는 가정들. 어째서 지우개일까, 어째서 눈사람일까라는 질문은 어째서 그 여자애일까, 어째서 나일까, 어째서 나는 이 모양일까, 어째서 그 여자애는 그런 애일까가 되었고, 그 질문은 다시 어째서 바람은 부나, 어째서 추워지나, 어째서 눈이 오나, 어째서 졸업 따위를 해야 하나가 되었다. 어른이 된 뒤에도 원도는 눈사람 지우개와 비슷한 수수께끼 혹은 함정에 수차례 걸려든다. 그냥 네 생각이 났어, 그냥 전화해봤어 같은 말. 혹은 너 좋을 대로 해, 네가 알아서 해, 넌 몰라도 돼 같은 말. 좋아. 아니. 괜찮아. 혹은, 니가 뭘 잘못했는지 알아? 미안하다면 다야? 그게 문제가 아니잖아, 지금. 이런 말들. 눈사람 지우개를 떠올리던 원도의 눈빛이 딱하게 변한다. 어디 있을까. 언제 사라졌을까. 언제 마지막으로 봤는지 기억해내고 싶다. 눈사람 모양이지만 눈처럼 녹는 것도 아니고, 쓰지 않는 이상 닳는 것도 아니니 어딘가에는 있을 텐데 어디로 갔을까. 그것이 지금 어디 있는지만 안다면, 언제 잃어버렸는지 혹은 잊었는지만 제대로 기억한다면, 그 지점만 정확히 짚어낸다면, 그럼 지금의 불행도 모두 해결되리라고 믿는 사람처럼 원도는 눈사람 지우개에 필사적으로 매달린다.

그거 아직 갖고 있어요?

성인이 된 후 처음으로 사귄 여자, 유경이 물었다. 그때 고개를 끄덕였던가 저었던가. 기억나지 않는다.

그 여자가 오빠 첫사랑이에요?

유경이 다시 물었다. 그 말에도 고개를 끄덕였는지 저었는지 기억나지 않는다.

난 그 언니 마음 알 것 같애.

유경이 중얼거렸다. 그리고 잠시 뜸을 들이며 소주잔을 빙빙 돌리다가 "오빠는 진짜 몰라요? 그 마음을?" 하고 되물었다. 그런 문답을 주고받으며 원도와 유경은 서로의 목소리와 체취와 말버릇 따위에 조금씩 익숙해졌다. 제대한 지 얼마 지나지 않은 때였고, 그래서 후배들이, 아니 정확히 말해 여자들이 자신을 선배가 아닌 아저씨로 보지 않을까 은근히 신경 쓰이던 때였다. 마침 그때 원도를 아저씨나 선배가 아닌 "오빠"라고 부르는 유경이 나타났다. 유경의 '오빠'라는 말은 원도에게 자신감과 안도감을, 설렘과 흥분을 불어넣었다. 이후 원도와 유경은 남들 앞에서는 친한 선후배, 둘만 있을 때는 친한 오빠 동생으로 지냈다. 그러던 어느 날, 남자 동기들과 담배를 피우면서 언제나처럼 무관심을 가장한 집요함을 유지하며 학과 여자들에 대해 이야기하다가, 유경과 선후배인 척하면서 실은 친한 오빠 동생으로 지내는 남자가 자기 말고 두 명 더 있다는 사실을 알게 되었고, 알 수 없는 불쾌감과 위기감에 빠졌다. 동시에 다급해졌다. 친한 오빠 동생만으로도 아쉬울 것은 없었지만, 유경을 원하는 다른 남자가 있을지도 모른다는 생각이 들자 갑자기 성급해졌다. 그래서 고백했다. 유경의 동네까지 찾아가 유경을 놀이터로 불러내어.

나, 너를, 좋아해.

네가 나에게만 오빠라고 불렀으면 좋겠어.

그때 그 고백과 비상구에서 내뱉었던 "사랑해"는 과연 다른가. 글자와 소리가, 원하는 대상이 다르니 다른 의미인가. 유경은 고개를 살짝 숙이며 깊은 고민에 빠진 듯 작은 목소리로, 하지만 눈으로 웃으며, 기다리던 것이 왔으니 이쯤에서 신중함을 발휘해야 한다는 매뉴얼을 지키는 사람처럼 또박또박 말했다.

생각할 시간을 주세요, 선배.

이 년여의 시간이 흐른 후 원도는 그때 유경의 '깊은 고민'이 어떤 내용이었는지 비로소 알게 된다. 원도가 고백하기 불과 한 시간 전에 동기 중 한 명이 전화로 유경에게 고백을 했는데, 그는 원도와 함께 담배를 피우며 여자 얘기를 하던 놈들 중 한 명이었다. 아마 그 역시 그때 자기와 비슷한 성급함을 느꼈을 것이라고, 하지만 유경은 나를 선택

했다고, 그러니 이제부터 유경을 더 사랑해야겠다고 원도
는 생각했다. 그보다 조금이라도 나은 부분이 있기에 자신
을 선택했다고 생각하면 절로 기분이 좋아졌고, 좋은 기분
만큼 그를 깔보게 되었다. 하지만 유경은 원도 모르게 종종
그를 만나 원도에 대한 불만을 털어놓곤 했다. 아니, 불만
이라기보다 불만을 가장한, '만약 당신과 사귀었다면 어땠
을까'라는 아쉬움을. 유경은 무언가를 선택하거나 포기한
것이 아니다. 그저 각자에게 어울리는 역할을 부여했을 뿐
이다. 나중에야 그 사실을 알게 된 원도는, 그때 이미 유경
에 대한 열망이 한겨울 옥상에 널어놓은 빨래처럼 빳빳하
게 얼어버린 때였지만, 분노해야 할 것 같아서 분노하는 시
늉을 했고, 분노하는 시늉을 하다 보니 정말 화가 났다. 그
것이 유경에 대한 분노인지 동기에 대한 분노인지 혹은 스
스로에 대한 분노인지 유경을 비롯한 세상 모든 사람에 대
한 분노인지는 정확히 말할 수 없다. 나는 너를 진심으로
사랑했는데 **모든 사랑은 진심이면서 진심만은 아니다** 너는 나
를 액세서리나 장난감처럼 이용한 것 아니냐고 **모든 사랑은
액세서리이고 장난감이며 그것은 옳거나 그르지 않다** 쏘아붙
였다. 나와 그 자식을 저울질한 것 아니냐고 **저울질은 언제
나 필요하다** 윽박질렀다. 네가 어떻게 내게 이럴 수가 있느

냐고 따졌다. 유경은 오해하지 말라고 했다. 그냥 편하고 속
도 깊은 사람이니까 이 얘기 저 얘기 하다 보니 그렇게 된
것이라고 했다. 다른 감정은 눈곱만큼도 없다고 했다. 원도
는 불쾌하고 자존심이 상했지만 한때 경쟁자였던 그에게
유경을 뺏길 수는 없었기에, 결국 유경의 말을 믿는 척했다.
유경과 평생을 함께하고 싶다고 생각한 적은 없다. 그 대신
언젠가는 헤어지게 될 것이란 생각을 자주 했다. 하지만 유
경이 다른 남자를 좋아한다는 이유로 헤어질 수는 없었다.
버려지긴 싫었다. 내 것이라 믿는 것을 타인에게 뺏기지 않
는 것. 원도의 말과 행동을 지배하는 공식은 그뿐이었다. 하
지만 원도는 그것을 몰랐다. 혹은 모른 척했다.

○

경쟁자에 대한 기억이라면 무궁무진하다. 경쟁자는 언제나, 어디에나 있었다. 경쟁자가 없을 때도 경쟁자는 존재했다. 원도가 무언가를 원하는 순간 경쟁자도 나타났다. 혹은 누군가가 그것을 원하는 순간 원도도 그것을 원하게 되었다. 경쟁자는 변신에 능한 꼬리 아홉 달린 여우처럼 원도가 무언가를 원하기만 하면 겉모습을 바꾸고 원도 앞에 나타났다. 그 때문에 원하는 것을 수월히 가져본 적이 없다고 원도는 생각한다. 힘들게 얻은 것을 다시 잃을지도 모른다는 불안과 긴장이 원도를 더 열정적인 사람으로 만들 때도 있었으나, 열정과 태만은 동전의 앞뒷면과 같아 감정이 뒤집어지는 것 또한 순간이었다. 원한다고 믿던 것을 획득하면 그것에 대한 열망은 반드시 사라졌다. 사라지는 속도가 다를 뿐이었다. 원하는 대상이 무엇인지는 상관없었다. 대상은 언제나 차고 넘쳤다. 문제는 얼마나 많은 자들이 단하나의 그것을 원하는가였고, 그보다 더 큰 문제는 경쟁자와 원도의 엇비슷한 실력이었다. 월등한 상대에게는 애당초 경쟁심 자체를 느끼지 못했다. 어릴 때 좋아하던 여자애

가, 원도의 이름은 모르면서 원도와 엇비슷한 외모와 키, 성
적, 심지어 목소리까지 비슷한 놈의 이름을 또박또박 부르
는 것을 듣고 원도는 분노했다. 전교 1등의 성적에는 관심
도 없었지만 원도와 비슷한 점수를 얻으면서 가끔은 원도
보다 약간 더 높은 점수를 얻는 놈의 성적에는 매번 신경
을 썼다. 제대로 싸워본 적은 없지만 싸운다면 이기지도 지
지도 않을 것 같은, 평소에는 시시껄렁한 농담이나 주고받
던 놈이 장난으로 원도의 머리를 친다거나 다리를 걸 때,
맥없이 고개가 꺾이거나 몸이 휘청거리는 그 순간에는 자
존심이 상했다. 그래서 욕을 하고 정색을 하고 시비를 걸었
다. 저 자식만큼은 이겨야겠다고 생각할 때, 저 자식이 갖고
있는 것만은 나도 가져야겠다고 생각할 때, 저 자식에게만
은 내 것을 뺏길 수 없다고 생각할 때의 '저 자식'은 원도와
형제처럼 엇비슷한, 대체로 고만고만한데 사소한 부분만
살짝 다른 그런 자식들이었다. 단 하루도 거를 수 없는 경
쟁 속에서 원도는 점점 불평불만이 많은 사람이 되었다. 무
엇에 관해서건 평가를 하고 단점을 찾고 트집부터 잡아야
만 손해 보지 않는 기분이었다. 일단 반대하고 거부하여 상
대의 마음을 조인 뒤 내키지는 않지만 인정하고 수락한다
는 포즈를 취하는 데 익숙해졌다. 얕보이지 않으려면 그래

야 한다고 믿었고, 그 믿음은 원도의 성격을 형성했다. 같은 점수를 받고 비슷한 대답을 했는데도 누군가는 면접에 붙고 누군가는 떨어졌다. 그게 바로 운이라고 사람들은 말했다. 진인사대천명(盡人事待天命)이라고 했다. 인간이 할 수 있는 일이란 죽을 만큼 최선을 다하는 것뿐이며, 그 후에는 하늘의 뜻을 기다려야 한다고, 그 이치를 받아들이는 순간 비로소 어른이 된다고, 그렇게 인간으로서 성숙과 성장이 완성된다고들 했다. 하지만 원도는 어른보다, 성숙보다, 성장보다 원하는 그것을 갖고 싶었다. 그것 아닌 다른 것은 원치 않았다. 볼 수도 만질 수도 들을 수도 없는, 하늘의 뜻 따위로 성공과 실패가 갈리는 것이 경쟁이라면, 그것을 굳이 경쟁이라고 부를 이유가 있는가 생각했다. 죽을 만큼 최선을 다한 뒤 기다리는 것이 고작 하늘의 뜻이어야 하는가. 그럴 바에야 차라리 모든 것을 통째로 운에 맡겨 제비뽑기나 사다리 타기로 승패를 가르는 편이 훨씬 더 합리적이고 이치에 맞는 것 아닌가. 운이라는, 혹은 우연이라는 여백을 전제하는, 경쟁의 상황도 조건도 천차만별인, 그래서 그다지 공정하지 않은 경쟁을 공정하다 믿고, 믿으라고 강요하는 것 아닌가. 그렇다면 원시시대의 경쟁이 훨씬 합리적이고 공정한 것 아닌가 생각했다. 물론 모두 어린 원도의 생각이다. 어른 원도는 누구보다 경쟁의 룰을 정확히 인지하고 이용할 줄 알았다. 경쟁에 깃든 우연이란 함정을 원망하기보다 그것을 최대한 기다리고 활용하여 자기 몫을 챙겼다. 정정당당하게 실력으로만 경쟁하는 합리적이고 상식적인 사회는 원도에게 결코 이롭지 않았다. 빈틈과 불합리와 부조리가 있는 곳에 승산도 있었다. 합리는 산 아버지다. 산 아버지는 절대 틀린 말을 하지 않았다. 원도는 한 번도 산 아버지를 이길 수 없었으며, 산 아버지의 말처럼 살 수 없었다. 그 때문에 원도에게는 산 아버지의 모든 말이 틀린 말이거나 혹은 그 말처럼 살지 못하는 자신이 바로 틀린 존재였다. 원도의 틀린 점을 일일이 기록하는 오답 노트가 있다면, 인류가 멸망할 때까지 읽어도 다 읽을 수 없는, 너무 두꺼워서 읽다 보면 무슨 노트를 읽는지조차 망각할 만큼 기나긴, 오답이라는 것을 염두에 두지 않는다면 흡사 정답 같기도 한 목록이기에 결국 오답을 정답이라고 오해할 수도 있는 그런 노트가 될 것이었다. 오답 노트의 39405837쪽 정도에 기록될, 아이도 어른도 아닌 원도가 생각한다.

운 따위 엿 먹어라.

우연 따위 개나 줘라.

모든 것엔 의지가 숨어 있다. 그러므로 나는 그것을 기다리지 않겠다. 그 대신 내가 원하는 것을 소유하는 순간만을 기다리겠다. 하늘의 뜻이 아니라 명확한 물건, 사람, 숫자, 장소, 지위, 결국 모두가 인정하는 그것. 사람의 인정이 가치를 만드는 그것. 어린 원도는 욕심 많고 고집 센 아이였다. 친구가 가진 것은 자기도 당연히 가져야 한다고 믿었다. 옆집 아이가 탐나는 무언가를 가지고 있을 때 원도는 '저것은 내 것이 아니다. 나도 저것을 갖고 싶다'가 아니라 '저것은 내 것이다. 내 것을 되찾아야 한다'라고 생각했다. 하지만 엄마는 집에 없을 때가 많았다. 친구들은 집으로 돌아가 엄마에게 "다녀왔습니다"라고 인사한다고 했다. 그러면 엄마가 간식을 챙겨 준다고. 하지만 원도는 아무 인사도 없이 스스로 냉장고를 열어 요구르트를 꺼내 먹어야 했다. 양말을 벗어 세탁기에 집어넣어야 했고, 그 모든 것을 하기 전에 먼저 손을 깨끗이 씻어야 했다. 그렇게 해야만 한다고 산 아버지가 말했다. 그래야 엄마가 슬프지 않을 것이라고.

너에겐 엄마가 있지만 엄마가 없는 아이들도 있다. 엄마는 엄마가 없는 아이들의 엄마가 잠시라도 되어주기 위해 지금 여기 없는 거야. 하지만 네겐 엄마가 있고 아빠가 있어. 엄마 아빠가 없는 아이들은 고집을 부릴 수도 있고 말을 안 들을 수도 있다. 말썽을 피울 수도 있고 욕심을 낼 수도 있어. 걔들의 그런 행동은 어쩌면 당연하지. 하지만 너는 그러면 안 된다. 네겐 슬퍼하고 속상해할 엄마가 있고 야단치는 아빠가 있다. 배고프면 밥통에서 밥을 꺼내 먹고 심심하면 텔레비전을 봐라. 스스로 판단하고 선택하고 행동하고 책임져라. 너는 충분히 그럴 수 있고 그래야만 한다. 네겐 네가 원하는 모든 것이 있어. 그것을 모르거나 찾지 않을 뿐이지.

산 아버지의 말이다. 하지만 엄마 없는 아이는 존재할 수 없다. 그것은 누구에게나 있다. 모르거나 찾지 않을 뿐이다. 내게도 엄마가 있다. 하지만 지금 내 옆에 없다. 그러므로 엄마가 보살피는 아이들과 나는 다를 바 없다고 어린 원도는 생각했다. 지금, 어른이 된 원도가, '나는 왜 죽지 않았는가'에 머물러 있는 원도가, 여관 주인의 "아저씨 이상한 짓 하면 안 돼"를 최근에 들어본 가장 따뜻한 말이라고 생각하는 원도가 산 아버지의 오래전 말을 속으로 따라 한다.

스스로 판단하고 선택하고 행동하고 책임져라.

원도는 그런 사람이어야 했지만 그것은 불가능했다. 원도가 생각 없고 무책임해서라기보다는 스스로 판단하고 선택하는 것을, 그 가능성 자체를 모두가 막았다. 그것을 원하는 척하면서 불가능하게 만든 산 아버지의 이해하라는 말과 어머니의 용서하라는 말 사이에서 이해와 용서는 무조건 옳다고 믿어야만 하는 어른으로 큰 원도. 엄마가 밥을 차려주면 숟가락을 집어 던지며 더 크게 울던 원도는 이제 없다. 사라졌다. 사라졌다는 것은 있었다는 뜻이다. 그와 같은 원도는 분명 존재했다. 원도가 고개를 젓는다. 이런 기억은 쓸모없다. 중요하지 않다. **아니다. 그것이다.** 잊어도 상관없는 것들이며 잊어야 하는 것들이다. 무엇이었지. 유경인가. 파산인가. 어디서부터 빗나간 거지. **아니다. 모든 것이다.** 무얼 생각하고 있었지.

그녀.

그녀다.

그것에서부터 다시 시작해야 한다고 원도는 생각한다. 유경이 아니다. 유경은 떡갈나무의 나뭇잎 한 장만큼도 아니다. **아니다. 모든 것이다.** 그녀를 떠올리고 싶진 않다. 하지만 기억해야 한다. 죽음이 코앞에 닥치면 과거가 모조리 떠오른다는 말을 들은 적이 있다. 죽는다면, 죽게 된다면 결국 그녀가 떠난 그날에서 의식은 멈출 것이다. 그날 이후의 삶은 내 것이 아니다. 허깨비를 쫓으며 살았는데 그 때문에 대접받고 인정받을 수 있었다. 사는 것처럼 살 수 있었다.

벽에 등을 기댄 채 구부정하게 앉아 있던 원도가 허리
를 꼿꼿이 편다.

○

　장민석이란 남자가 있다.

　원도와 같은 반이었고, 종교 단체에서 운영하는 보육
원에서 자란 아이였다. 부모가 없는 건 아니고, 없을 수도
없고, 부모가 생계 문제로 장민석을 보육원에 잠시 맡겼는
데 그 잠시가 한없이 길어진 경우였다. 장민석을 만나기 전
부터 원도는 장민석이란 이름을 알고 있었다. 어머니는 장
민석과 현주와 장미와 현도와 부경을 보살피느라 자주 집
을 비웠다. 장민석과 현주와 장미와 현도와 부경을 보살피
는 동시에 이름을 알 수 없는 할아버지 할머니도 보살피느
라 밤늦도록 집에 들어오지 않는 날이 많았다. 원도는 어머
니의 수첩에서 얼핏 본 장민석과 현주와 장미와 현도와 부
경이란 이름을 단숨에 외웠다. 저절로 외워졌다. 새 학기가
시작된 교실에서 선생이 장민석이란 이름을 불렀을 때 원
도는 느닷없는 불안을 느꼈다. 글자로만 있던 무형의 장민
석이 피와 뼈와 살을 가진 단단한 몸의 형태로 불쑥 튀어나
왔다. 원도는 숨고 싶었다. 도망치고 싶었다. 사라지고 싶었
다. 혹은 장민석이 그래주길 바랐다. 장민석은 올곧은 아이

였다. 예의 바르고 겸손하고 어른스러웠다. 때론 지나치게 의젓해서 부모의 보살핌을 받지 못하는 처지가 오히려 드러나는 아이였다. 보육원에 사는 장민석을 은근히 무시하는 아이들도 없진 않았다. 장민석은 자신을 무시하는 아이들을 무시하지 않았고, 그렇다고 비굴하게 굴거나 싸우지도 않았고, 다만 상대를 고민에 빠뜨렸다. 짓궂고 아픈 말을 들으면 대꾸 없이 밝게 웃었다. 상대를 당황케 하는 웃음이었다. 그 의미를 추측할 수밖에 없는 웃음이었다. 장민석의 밝은 웃음 앞에서 원도는 장민석의 몸을 맞닥뜨렸을 때 느꼈던 불안을 다시금 느꼈다.

네 엄마가 가르쳐줬어.

장민석의 말이다.

상대를 죽이고 싶을 만큼 화가 나면 바로 그 앞에서 웃으라고 했어. 웃어야 한다고 했어.

어머니의 가르침은 효과가 있었다. 아이들은 웃는 장민석을 미친놈이라고 부르다가 이내 사로잡혔다. 하지만 어머니는 웃는 사람이 아니었다. 대부분 무표정했고, 종종 소리 없이 우는 사람이었다. 원도는 생각했다. 아마도 엄마는 상대를 죽이고 싶을 만큼 화나는 적이 없는가 보다. 엄마의 마음은 대부분 평온하고 가끔 슬픈가 보다. 그리고 원도는 장민석 앞에서 씩 웃었다. 장민석처럼 밝게 웃고 싶었으나 그런 웃음은 도저히 지을 수 없었다. 원도는 장민석과 친하게 지내려고 했다. 모두가 그것을 바란다고 생각했다. 선생은 원도 뒤에 장민석을 앉혔다. 그래서 원도는 다시 한번, 모두가 그것을 바란다고 생각했다. 원도는 종종 장민석과 쌍둥이처럼 지내는 상상을 했다. 같은 공간에 살면서 함께 밥을 먹고 잠을 자고 거울을 보며 이를 닦는 상상을 했다. 그리고 쌍둥이니까, 상대의 물건을 함부로 쓰고, 같은 것을 갖겠다고 혹은 더 먹겠다고 싸우는 상상도 했다. 어째서 엄마는 장민석을 집으로 데려오지 않는가 의아할 때도 있었다. 밖에서 밤늦게까지 장민석을 보살피는 대신 집에서 보살피면 되지 않는가 생각했다. 나 때문인가. 내가 집에 있기 때문인가. 내가 집에 있어서 엄마는 집을 자꾸 비우는 것이다. 장민석 때문이 아니라, 현주와 장미와 현도와 부경 때문이 아니라 바로 나 때문이다. 그런 생각을 하면서 원도는 억울함과 죄책감과 서러움이 뒤범벅된 감정에 조금씩 익숙해졌다. 가끔 원도와 장민석의 반찬이 같을 때가 있었다. 둘 다 어머니가 해준 반찬이었다. 당연히 맛도 같았다. 교실을 돌아다니며 반찬을 뺏어 먹던 놈이 어느 날 원도와 장민석의 똑같은 반찬을 보고 원도에게 새끼, 너도 이 자식이랑 같은 데 사냐?

하고 빈정거렸다. 원도가 화를 낼지 웃어넘길지 선택하지 못하는 사이, 장민석이 먼저 웃었다. 웃으며 차분하게 대꾸했다. 야. 여기에 김치에 미역 싸 온 애가 우리 둘뿐이냐? 쟤도 김치. 쟤도 김치. 저기 쟤도 미역. 그러면서 젓가락으로 다른 아이들의 반찬통을 콕콕 가리키다가 야, 저기 소시지 있다, 아직 남았다 하고 중얼거렸다. 반찬을 뺏어 먹던 놈이 소시지가 있는 곳으로 달려갔다. 원도는 여전히 화를 내야 하는지 웃어넘겨야 하는지 선택하지 못한 상태였는데, 그 대상은, 반찬을 뺏어 먹는 놈이 아니라 장민석이었다.

왜 아니라고 하지 않았지?

원도는 장민석을 흘금 쳐다보며 생각했다.

왜 말을 돌렸지? 왜 너와 나는 다른 곳에 산다고 말하지 않았지?

입안에서 미끄덩거리는 미역줄기볶음을 잘근잘근 씹던 원도가 장민석을 보며 씩 웃었다. 장민석도 웃었다. 그날 원도는 밤이 깊도록 어머니를 기다렸다. 어머니에게 말하고 싶었다. 하지만 무슨 말을 어떻게 해야 하는지 정확히 알 수 없었다. 장민석의 말이 옳았다. 반 아이들의 반찬 통에는 대부분 비슷한 반찬이 들어 있었다. 어머니가 다른 반찬을 싸준다고 해도, 그러니까 장민석에게는 깻잎무침을 싸주고 자기에게는 연근조림을 싸준다고 해도 반 아이들 중 누군가는 분명 연근조림을 싸 올 것이다. 게다가 장민석과 원도의 반찬은 가끔 같을 뿐이었다. 장민석이 옳다. 장민석의 말은 우리는 다른 곳에 산다는 말보다 더 옳았다. 원도는 화가 났다. 장민석이 옳아서인지, 장민석보다 먼저 옳지 못한 자신이 못마땅해서인지, 혹은 장민석과 자신에게 같은 것을 먹이는 엄마, 아무리 기다려도 오지 않는 엄마, 지금 이 순간에도 장민석과 함께 있을지도 모를 엄마 때문인지 알 수 없었지만, 아무튼 화가 났다. 그날 어머니에게는 아무 말도 못 했다. 잠에서 깨니 아침이었고, 현관 옆에 도시락 가방이 놓여 있었고, 어머니는 없었다. 그리고 그날 이후 원도와 장민석의 반찬은 단 한 번도 겹치지 않았다.

장민석이구나.

이제야 깨닫는다. 춥고 어두운 여관방에 웅크리고 앉아 벽지에 들러붙은 오래된 껌처럼 꼼짝 않는 원도. 지난 과거를 모두 뒤져서 지금 필요한 단 하나의 조각을 찾아야만 하는 원도가 생각의 터널에 멈춰 중얼거린다. 장민석이다. 장민석이 말했다. 다른 반찬을 싸달라고, 정확히 말해서, 원도의 반찬과 보육원의 반찬이 겹치지 않게 해달라고 장민석이 말했을 것이다. 내가 하지 못한 그것을 장민석이 했다. 내가 말했다면, 장민석이 아니라 나였다면, 그래도 어머니는 다른 반찬을 싸주었을까. 장민석이란 이름을 떠올릴 때마다 내장이 뒤틀린다. 피가 요동친다. 뇌가 뜀박질을 한다. 폭주하는 온갖 감정. 뒤섞이는 기억의 파편. 시소 위 몸이 한쪽으로 기운다. 떠올려선 안 된다. 위험하다. 원도의 기억력은 재앙과 같다. 어릴 때부터 그랬다. 아니, 학습에 소질이 없다고 말할 수도 있다. 보고 보고 또 봐도 틀리는 것은 늘 틀렸다. 꾸준히, 경이롭게 틀렸다. 같은 것을 계속 틀려서 늘 적던 오답을 급기야 정답이라 오해했을 수도 있다. 확연한 기시감 속에서도 거부할 수 없었던 맹목적인 실패들. 기억력도 학습력도 형편없는 원도가, 그럼에도 불구하고 기억하는 것이라면, 그것은 치명적인 것이다. 기억할 수밖에 없는 것. 잊으려야 잊을 수 없는 것. 원도를 꿰뚫어버린 것. 메워지지 않는 구멍을 내버린 것. 상처는, 징그럽게 곪다가도 자연과 약속한 시간을 정직하게 지키면, 새로운 살로 그 구멍을 메운다. 메워진 구멍은 고통을 견딘 대가다. 메워지지 않고 계속 썩어 들어가 더 깊은 구멍을 만들어버리는 것은 그러므로 상처라기보다 통로다. 상처는 몸의 일부지만 통로는 몸을 뚫고 지나가는, 몸의 바깥이다. 나와 닿아 있지만 오직 나만의 것은 아닌 것. 내 의지로는 어쩔 수 없는 것. 나를 뚫고 지나가기에 나를 소외시키는, 나는 절대 볼 수 없는 비밀을 간직한 길. 그것을 없애는 방법은 하나뿐이다. 잘라버려야 한다. 메울 수 없으니 구멍 자체를 상실해야 한다. 상실은 차라리 축복이다. 불구가 되더라도 불구로서, 다른 존재로서 살아갈 여지가 생긴다. 축복은 드물다. 흔해빠진 인간에 불과한 원도는, 기억력도 학습력도 형편없는 원도는 자기를 뚫어버린 그것을 기억하기보다 몸에 난 구멍을 기억했다. 뭔가가 나를 뚫고 지나갔어. 그게 뭔지는 모르겠는데 확 지나가버렸는데 여기 구멍이 있어. 여기로 자꾸 아픈 바람이 불어와. 여기 있어야 할 게 없어. 내 몸에 이게, 이게 대체 뭐야 엄마. 원도가 운다. 무서워서 운다. 공부를, 싸움을, 축구를, 말을, 그 무엇이든 장민석보다는 잘하고 싶었다. 그래서 따라 했다. 장민석이 운동장에서 축구를 하고 있으면 그 속에 뛰어들었다. 장민석과 친한 아이들과 어울렸다. 장민석이 공부하면 공부를 했고, 장민석이 낙서하면 낙서를 했다. 소매를 팔꿈치까지 걷어 올리는 버릇, '야'라는 단어로 시작하는 말버릇, 문장의 끝에 힘을 주는 말투와 그 웃음을 따라 했다. 같아져야 했다. 같아진 후, 더 나아져야 했다. 여자애가, 원도의 눈을 보면서도 이름을

떠올리지 못해 입술만 달싹이다가

　장민석!

　하고 원도 뒤에 앉은 장민석의 이름을 또박또박 불렀을 때, 그래서 여자애의 물건을 부수고 머리채를 잡아당겼을 때, 당구 채를 든 선생이 왜 그랬느냐고 물었을 때, 그 이유를 어디서부터 말해야 하는지 종잡을 수 없어서 원도는 입을 다물었다. 여자애가 미워서, 아니 실은 좋아하는데 내 이름은 모르고 씨발 장민석 이름은 제대로 알고, 그런데 엄마는 개한테나 나한테나 똑같은 반찬을 싸주고 나 아닌 다른 애들한테도 엄마고, 장민석이나 나나 비슷한 것 같은데 애들은 장민석을 더 좋아하고, 어쩌면 엄마도 그런 것 같고, 그래서 장민석이랑 똑같아지려고 하는데 하나도 안 똑같은 것 같고, 장민석은 장민석이고 씨발 나는 좆도 아닌 것 같고, 결국 장민석보다 더 나아지지 못해서 말할 수는 없었기에, 칠판을 마주 보고 선 채 당구 채로 엉덩이를 맞았다. 맞으며 생각했다. 내가 장민석이었다면 여자애는 나를 보고 망설이지 않고 장민석!이라고 불렀을 것이다. 그랬다면 나는 기쁜 마음으로 벌떡 일어나 장민석으로서 나의 의견을 자랑스럽게 발표했을 것이다. 내가 장민석이었다면 엄마는 집에 일찍 들어와 장민석인 나를 보살피고 아끼고 위로해

줬을 것이다. 결국 내가 장민석이 아니어서 여자애는 내 이름을 모르고 나는 선생에게 맞아야 하고 밤새 엄마를 기다려야만 한다. 내가 장민석이 아닌 것이 문제다. 선생은 원하는 만큼 원도를 때린 뒤 아이들에게 청소를 명령하고 교실을 나갔다. 원도는 두 손으로 머리를 감싸 쥐고 자리에 가만 앉아 있었다. 장민석은 원도 앞에 앉아 다리를 달달 떨며 창밖을 봤다. 몇몇 아이가 두 사람에게 교실 뒤로 책상을 밀라고 했다. 장민석이 원도의 팔을 툭 건드리며 말했다. 야, 원도. 괜찮아? 원도는 눈을 치켜뜨고 장민석을 노려봤다. 원도의 눈빛을 본 장민석이 잠시 주저하다 씩 웃었다. 그 웃음이, 원도의 몸을 일으켜 세웠다. 원도가 일어선 것이 아니다. 보이지 않는 무언가가 원도의 어깨를 꽉 잡고, 물건을 들어 올리듯, 원도의 몸을 들어 올렸다. 원도는 팔을 뻗어 장민석의 입속으로 손가락을 집어넣고 미닫이창을 열듯 두 손을 쫙 벌렸다. 장민석이 괴상한 소리를 내며 원도의 두 팔을 잡고 버둥거렸다. 누가 먼저 주먹을 휘둘렀는지 알 수 없지만 어쨌든 원도가 더 많이 맞았고 상처도 깊었다. 선생이 다시 당구 채를 들고 왔다. 교실은 순식간에 조용해졌다. 낄낄 웃는 놈도 없었다. 어떤 웃음도 어울리지 않을 만큼 살벌한 분위기였다.

왜 그랬어?

그날 밤 산 아버지가 물었다. 원도는 적당한 대답을 찾을 수 없었다.

네가 뭘 잘못했는지 알 거다.

안다고, 원도는 생각했다. 나의 잘못뿐 아니라 다른 사람들의 잘못도 충분히 안다고.

산 아버지가 말했다.

대답을 해.

아무 말도 하고 싶지 않았다. 말은 똥이었다. 분명 새하얀 밥을 먹었는데 나올 때는 거무튀튀하고 역겹고 구린 똥이었다.

친구랑 싸울 수는 있다. 싸운 건 잘못이 아니야. 상대가 민석이란 거, 그게 문제다. 민석이한테 그러면 안 되지. 너도 알 거 아니냐. 엄마 마음이 어떻겠니. 생각을 해봐. 아무리 화가 나더라도, 내가 듣기로는 화가 날 이유도 없던데. 그래, 그래도 넌 뭔가 못마땅했을 수도 있지. 그래. 그럴 수 있다. 이해한다. 하지만 아무리 화가 나도 참았어야지. 상대가 누구인지 생각했어야지. 걔 입을 찢어놓을 때 엄마를 생각했어야지. 네 잘못이다. 너도 그렇게 생각할 거다.

엄마를 생각했다. 분명 그랬다.

몇 대 맞을래. 네가 정해라. 그게 책임이다.

원도는 산 아버지의 마지막 말에 공포를 느꼈다.

마음대로 하세요.

원도의 입에서 똥이 나왔다. 산 아버지는 입을 굳게 다물더니, 다시 말해보라고 했다.

때리고 싶은 만큼 때려요.

산 아버지는 화를 억누르듯 숨을 크게 내쉬었다.

내가 때리는 게 아니라 네가 벌을 받는 거다. 네가 정해라.

어떤 숫자를 대야 산 아버지가 만족할지 짐작할 수 없었다.

저는 몰라요.

생각을 해.

모르겠어요.

네가 정해.

죽을 때까지 맞겠다고 말할까? 어쩌면 그게 하얀 밤에 가장 가까운 대답일지도 모른다고, 산 아버지도 그것을 원한다고 원도는 생각했다. 어중간하게 다섯 대요, 열 대요, 산 아버지는 그런 대답을 원하는 게 아니다. 저는 맞아 죽을 만큼 엄청난 잘못을 저질렀어요. 살아 있을 가치가 없어요. 그러니 죽여버려요. 다시는 아무 잘못도 못 하게 지금 여기서 죽여버려요. 그런 대답을 원한다. 원도는 입을 다물고 산 아버지의 손을 쳐다봤다. 산 아버지는 경찰이었다. 두껍고 거친 손으로 범죄자를 잡고 그들의 손목에 수갑을 채우는 사람이었다. 옳지 않은 사람을, 잘못하는 사람을 더 많이 보고, 온종일 범죄에 사로잡혀 그들이 왜 그랬는지 추리하고, 범죄자의 입장이 되어 그들의 행방을 쫓는 것이 산 아버지의 일이었다. 그래서 산 아버지는 무엇이 옳고 그른지에 대해 말하길 좋아한다고 원도는 생각했다. 아버지는 범죄자를 이해하는 마음으로 나를 이해한다고. 하지만 원도는 이해할 수 없었다. 어머니의 마음도, 아버지의 말도, 그리고 자기 자신도.

산 아버지가 다시 물었다.

몇 대 맞을래? 네가 선택해.

그것은 원도가 원하는 선택이 아니었다. 선택한다면, 맞지 않거나, 장민석이 되거나, 그 자리에서 죽는 것 중 하나를 선택하고 싶었다. 엄마는 어디 있을까. 장민석의 상처를 만져주고 있을까? 그 자식의 찢어진 입술에 약을 발라주고 있을까? 여자애도, 선생도, 산 아버지도, 그리고 엄마도 모두들 원도의 반대편에 서 있었다. 넓디넓은 강 건너에 옹

기종기 모여 앉아 장민석의 이름을 부르며 장민석의 상처를 어루만지고 있었다. 산 아버지가 손을 뻗어 원도의 턱을 살짝 들어 올렸다. 아버지의 누런 흰자위 한가운데에 크고 검은 구멍이 뚫려 있었다. 그 구멍 속에, 작고 하얀 원도가 어깨를 오그린 채 무릎을 꿇고 앉아 바들바들 떨고 있었다.

○

좋은 기억도 있다. 물론이다. 따뜻하고 달콤해 절로 눈이 감기는 기억. 너무 아름다워 도리어 아린 기억. 아기 살결 같은, 노란 꽃 같은 기억들. 하지만 행복하고 평온했던 순간에 불행의 씨앗이 존재할 리 없다. 아니다. 그럴 수도 있다. 아름다움이 눈을 가리고 감각을 마비시켜서, 자만과 오만과 착각의 함정에 빠뜨려서, 그래서 몰랐을 수도 있다. 더없이 평온하고 따스한 봄날에 싹튼 불행을. 사소한 파열음조차 없던 미세한 균열을. 음험한 기운을 품고 움트기 시작한 악취를. 한순간 한꺼번에 닥치는 불행이란 없다. 징조가 있다. 시작이 있다. 보고도 본 줄 몰랐던, 겪고도 겪은 줄 몰랐던, 듣고도 들은 줄 몰랐던 유령 같은 시작. 단 한 방울의 독으로 모든 그림이 바뀐다. 분명 그럴 것이다. 그것을 찾아야 한다. 죽지 않기 위해 기억해야 한다. 이 지옥에서 탈출해야 한다.

○

　쓰레기가 되어버린 분실물처럼 몸을 잔뜩 오그린 채 앉
아 있는 원도. 죽을 것이다. 뇌가 먼저 죽든 심장이 먼저 죽
든, 언젠가는 죽을 수밖에 없다. 죽는 순간 생각도 멈출 것
이다. 죽는 순간에야 멈출 것이다. 좌절도 절망도 두려움도,
감정의 태풍과 해일도 그제야 끝날 것이다. 죽음은 모든 것
을 제압하는 절대 패, 가장 강력한 조커다. 그것은 불시에,
순간적으로, 모든 속임수를 무효로 만든다. 누구 손에 들려
있는지 아무도 모르는 단 한 장의 조커가 등장하는 순간 게
임은 종료된다. 죽은 자는 모두 그렇게 죽었다. 시한부 판정
을 받고도 죽음은 생각지 못한 때에 오고, 사형수조차 자기
가 죽을 날을 미리 알지 못한다. 도처에 죽음이 널려 있으
며 한 명 한 명 어이없이 죽어버리는데, 원도가 생각한다,
나는 어째서 죽지 않았는가. 정말 죽고 싶다고 생각한 적은
없다. 하지만 '나는 왜 죽지 않았는가'라는 질문은 살아 있
는 원도를 거듭 위협했다.
　다시 죽은 아버지로 돌아간다. 산 아버지와 함께 조상
의 묘를 찾아갔던 때였다. 제법 가파른 산 중턱에 무덤 세

기가 있었다.

어째서 셋이었을까.

원도는 그날부터 며칠이 흐른 후에야 그것을 떠올리고 의아해했다. 산 아버지는 할아버지 할머니의 묘에 가자고 했었다. 그런데 어째서 셋이었을까. 아니, 그보다 중요한 것. 무덤 속 할아버지 할머니는 대체 누구의 부모였나. 산 아버지? 죽은 아버지? 산 아버지의 부모라면 무덤은 둘이어야 했다. 죽은 아버지의 부모라면 산 아버지가 나를 데리고 그곳에 갈 리 없다. 아닌가? 그럴 수도 있나? 혹시 산 아버지에게도 아버지가 둘이었나? 산 아버지도 죽은 아버지라는 말을 속으로 읊으며 아슬아슬한 긴장과 짜릿한 흥분을 느꼈을까? 그 긴장과 흥분을 산 아버지도 안단 말인가? 나는 알고 아버지는 모르는 것이 정녕 단 하나도 없단 말인가? 그날 산을 오르며, 원도는 가랑잎을 밟고 몇 번이나 미끄러지고 넘어졌다. 앞서가던 산 아버지가 종종 원도를 돌아봤다. 자기보다 높은 곳에서 내려다보는 산 아버지를 보며 원도는 번번이 주눅이 들었다. 넘어지지 말자고, 아니 넘어지는 모습을 보이지 말자고, 아니 산 아버지가 그만 돌아보면 좋겠다고 생각했다. 묘에 닿기 전, 산 아버지가 잠시 쉬어 가자며 넓적한 돌 위에 앉았다. 원도는 그보다 조금

낮고 좁은 돌에 앉았다. 위에서 내려다보는 길은 짐작했던 것보다 훨씬 가팔랐다. 고개를 들었다. 탁 트인 하늘과 빽빽한 대지가 절반씩 보였다. 주변엔 아무도 없었다. 인간은 물론 산짐승조차 없는 듯 고요했다. 산 아버지와 원도를 둘러싸고 있는 것은 죽은 잎, 죽어가는 나무, 돌, 그리고 침묵뿐이었다. 여기서 죽을 수도 있겠다는 생각이 들었다. 여기서 죽일 수도 있겠다는 생각을 이어 했다. 산 아버지가 보온병을 꺼내 스테인리스 컵에 물을 따라 원도에게 내밀었다. 산 아버지의 손이 조금 떨렸다. 원도가 그것을 보았다. 그리고 말했다.

아버지 먼저 드세요.

알 수 없다. 어째서 그때, 하필 그때 죽은 아버지가 떠올랐는지. 죽은 아버지의 죽음을 똑똑히 기억해냈는지. 죽은 아버지는 죽기 전 스케치북 위에 '만족스럽다'라는 글자를 그리고, 아버지를 믿으라 말하고, 물을 마시고, 죽었다.

불완전한 기억이다.

글자를 그리는 행위와 아버지를 믿으라는 말 사이에 은폐된 행위가 있다. 아버지는 글자를 그린 후 컵에 물을 따랐다. 그리고 또 다른 컵에 물을 따랐다. 두 개의 컵 중 하나를 원도에게 내밀었다. 아버지도 물을 마셨고, 원도도 물을 마셨다. 똑같은 물을 마셨는데 한 사람은 죽고, 한 사람은 죽지 않았다. 기억의 필름을 되돌리던 원도는 공포에 질렸다. 숨이 막혔다.

죽을 수도 있었다.

물을 들이켜는 산 아버지를 곁눈질로 훔쳐보며 원도는 생각했다.

그때, 나도, 죽었어야 했다.

기억의 그림이 변했다. 같은 물을 동시에 마셨다. 물을 마시기 직전까지 두 사람 모두 멀쩡했고, 물을 따르고 마시는 행위에는 어떤 속임수도 없었다. 그렇다면 두 사람에게 같은 결과가 나타나야 이치에 맞다. 그런데 한 사람은 죽고 한 사람은 살았다. 합리적이지 않다. 합리는 산 아버지다. 사람들은 죽은 아버지의 죽음을 자살이라고 했다. 자살은 죽음의 형식일 뿐 내용이 아니다. 내용에 대해서는 모두들 입을 다물었다. 뒤를 돌아보면 돌이 된다는 전설 속 금기처럼, 사람들은, 특히 어머니와 산 아버지는, 죽은 아버지의 죽음에 대해 단 한 마디도 꺼내지 않았다. 그때 그 일을 말하는 순간 돌이 된다고 굳게 믿는 사람들 같았다. 자살인가? 정말 자살인가? 확실히 그렇다고 어느 누가 말할 수 있는가. 자살이라면, 그렇다면, 죽은 아버지는 어째서 내게도 같은 물을 줬을까. 나를 죽이려고? 혼자 죽지 않으려고? 나는 왜 죽지 않았지? 죽은 아버지는 자살과 살인을 동시에 할 수도 있었다. 하려고 했었다. 사실만을 두고 짐작해보면 그렇다. 죽은 아버지는 혼자 죽을 생각이 아니었다. 그렇게 상상할 수 있는 여백이 생겨버렸다. 컵 밑바닥에 남은 물을 가랑잎 더미에 뿌린 후 산 아버지는 다시 물을 따랐다. 그것을 원도에게 내밀었다. 맑은 물이 아니었다. 밥알이 조금 떠 있었다. 뿌옇다. 투명하지 않은 것은 무언가를 가리기 쉽다. 가려야 한다면 나쁘거나 무서운 것이다. 사람은 물을 마시고도 죽을 수 있다. 죽은 아버지가 그렇게 죽었다.

그런데, 나는 왜 죽지 않았는가.

원도가 컵을 쳐다보고만 있자, 아버지가 말했다.

마셔.

미지근한 숭늉을, 원도는 벌벌 떨면서 마셨다.

다시 산을 오르며, 원도는 계속 되물었다. 나는 왜 죽지 않았는가. 산 아버지를 따라 잡초를 뽑고, 술을 따르고, 절을 하고, 산을 내려오는 동안에도 원도는 떨었다. 떨며 물었다. 그랬다. 무덤 수 따위를 궁금해할 여유는 없었다. 그보다 강력한 질문이 오랏줄처럼 원도의 숨통을 무자비하게 조였다. 죽은 사람처럼 손발이 차가웠다. 얼굴이 하얗게 질렸다. 산 아버지가 원도를 업었다. 물을 마시고 체했나. 원도를 업고도 산길을 경중경중 뛸 만큼 건강했던 산 아버지가 중얼거렸다. 그날부터 동일한 질문이 조금씩 다른 어투로 원도를 지배했다.

나는 왜 살아 있는가.

이것이 아니다.

나는 왜 죽지 않았는가.

이것이다.

○

　죽이고 싶다고 생각한 적은 없지만, 죽으면 좋겠다고
생각한 적은 있다. 하지만 그런 생각으로 박 사장을 차도로
민 것은 아니다. 뇌가 죽어도 계속 뛰는 심장처럼 의지의
개입 따위는 없었다. 죽었을까? 확인하지 못했다. 내돈내놔
이씨부랄놈의개새끼야니창자를팔아서라도내놔라이쳐죽
일놈아내인생돌려놔라이씹어먹어도시원찮을놈내돈내놔
라내놔라내놓으란말이다 울부짖던 박 사장이 원도의 멱살
을 잡고 얼굴을 마구 때릴 때, 원도는 아래로 아래로 무너
지며, 이러다 죽을 수도 있겠다고 생각했다. 얼굴에 있는 모
든 구멍에서 피가 질질 새어 나왔다. 죽고 싶지 않았다. 죽
음은 자기 자신처럼, 아무리 생각하고 탐구하고 친해지려
노력해도 절대 알 수 없는 어떤 것이었다. 그래서 무서웠다.
죽으면 끝이어서가 아니라, 소중하고 아까운 모든 것을 잃
어서가 아니라, 홀로 감당해야 하는 것이기에. 알 수 없는
그것을 철저히 홀로 겪어야 하므로. 사람들은 죽이거나 감
옥에 처넣으려고 원도를 원했다. 찾아 헤맸다. 원도는 죽고
싶지도 살고 싶지도 않았다. 죽음이나 삶이 아닌, 죽지도 살

지도 않은 채로 존재할 수 있다면 기꺼이 그것을 선택할 것이었다. 살고 싶어서라기보다 죽을 수 없다는 열망으로, 원도는 박 사장을 거세게 밀었다.

선택을 너무 오래 미루면 결국 누구도 원치 않는 최악의 선택이 나를 선택하게 마련이지. 후회해봤자 소용없어. 시간을 되돌릴 순 없잖아.

장민석의 말이다.

그래서 이 씹새끼야 니가 뭔데 내 앞에서 선택이 어쩌고저쩌고 씨부리는 건데!

원도의 말이다.

착각하지 마. 우리는 선택하지 않아. 선택당하지.

장민석의 말이다. 또한 야똘의 말이다. 당시에는 알아듣지 못했던 야똘의 말을, 이십여 년이 흐른 후 모든 것을 잃고 깜깜한 여관방에 홀로 앉아 불현듯 깨닫게 된 원도. 기억의 퍼즐이 무질서하게 뒤엉킨다. 박 사장은 원도의 멱살을 잡고 원도는 장민석의 멱살을 놓지 않고 왜 자꾸 내 인생에 끼어 어어어어 하면서 4차선 도로로 튕겨 나갔고 달려오던 차가 그를 들이받았다. 피부를 뚫고 심장까지 파고든 급정거 소리. 비명 소리. 원도는 달렸다. 돌아보지 않고 달렸다. 달리면서, 태어나지 말았어야 했다고, 죽지도 살지도 않는 방법은 그뿐이라고, 대체 왜 나를 낳았느냐고, 자기를 낳은 뒤 웃었는지 울었는지 침묵했는지 알 수 없는 여자와, 되돌릴 수 없다는 장민석의 오래전 말을 떠올리며 벌벌 떨었다. 겨울밤. 무섭도록 추운 겨울밤. 원근감 없이 등장하는 가깝고도 먼 과거에 짓눌린 원도의 어깨가 격렬하게 들썩인다. 다다다다다다닥 이 부딪는 소리, 목구멍을 혀뿌리로 아무리 틀어막아도 *끄끄끄끄끄끄끄*끅 새어 나오는 울음소리가 어둠을 조금씩 흔든다. 흔들며 데운다.

○

태아처럼 몸을 둥글게 만 채 잠든 원도.

온통 하얗다. 눈인지 빛인지 소금인지 무엇 때문인지 모르겠으나 모든 것이 새하얗다. 막막하다. 하얀 그곳에서 개처럼 혀를 빼물고 달리던 원도가 생각한다. 백야다. 백야 구나. 해가 지지 않는 땅. 끔찍한 대륙. 그곳에서 나는 개가 되어 달린다. 개가 되었다고 생각하자마자 원도는 검은 개 가 된다. 태양을 등지고 달리는데, 등졌다고 생각한 태양이 눈앞에서 작열한다. 눈알에 박혀 벗어날 수 없는 빛. 하나 는 위험하다. 비교 불가능하다. 둘은 위험하다. 경쟁이 시작 된다. 셋은 위험하다. 누가 범인인지 알 수 없다. 넷은 위험 하다. 비밀이 사라진다. 다섯은 위험하다. 완전한 순환, 끝 없는 재앙이다. 지지 않는 태양이 아니다. 하나가 지는 동 안 하나가 뜬다. 비교 불가능하게 경쟁하듯, 범인을 분간할 수 없도록 모든 비밀을 환히 비추며 순환하듯 뜨고 또 뜬 다. 모두 사라졌다. 빛이 모든 것을 삼켰다. 나만 살았다. 살 아서 도망친다. 도망치지만, 하얀 이곳에서 도망은 무의미하다. 차라리 어둠이라면, 빛까지 잡아먹는 어둠이라면. 어둠은 깊이를 가능케 한다. 백색은 평면이다. 출구도 입구도 없다. 바투 놓인 벽이다. 근원적 무지. 순수해서 무지막지한 폭력이다. 하얗고 막막한 그것이 검은 개를 짓누른다. 옥죈다. 어디선가 작은 돌멩이 하나가 튀어나온다. 눈알보다 작은 돌멩이 하나만으로 모든 것이 달라진다. 없던 것이 생기자 보인다. 뭐가 여백이고 뭐가 결핍인지. 원근감이 생겨버렸다. 빈틈없이 가득 차 충분한 줄 알았는데 텅 비었다.

무섭다.

외로움도 고독도 쓸쓸함도 슬픔도 아니다. 두려움도 아니지만 그것에 가장 가깝다.

원도가 운다.

목 놓아 운다.

○

쾅쾅쾅.

아저씨!

쾅쾅쾅쾅쾅.

살아 있어? 아저씨! 내가 문 열어! 내가 문 연다!

열쇠 꽂는 소리. 문이 열린다. 잠에서 깬 원도가 멍청한 눈빛으로 현관을 본다. 주인이 형광등을 켜자 눈앞이 새하얘진다. 방금 꾼 꿈이 원도의 의식을 소매치기처럼 단숨에 훔쳐 달아난다. 무릎을 짚고 선 여관 주인이 크게 숨을 내쉬며 중얼거린다.

아유, 나 참.

몸을 반쯤 일으킨 원도가 허리를 펴고 앉아 마른세수를 한다.

아니, 나는, 자는 줄 모르고⋯⋯. 아저씨가 전화도 안 받고, 기척도 없고, 아니 왜 불은 안 켜놔. 아니 그건 내가 상관할 일이 아니지만⋯⋯.

혼자 수선을 떨던 주인이 민망한 듯 어색하게 웃는다.

아저씨, 아저씨가 이해해요. 얼마 전에 내가 흉한 일을

당해서, 아니, 내가 당한 게 아니라 아무튼…….

주인의 말을 가만히 듣는 원도.

아니 근데 아저씨. 신발은 벗고 들어가야지.

주인과 원도의 시선이 원도의 발에서 만난다. 원도가 천천히 신발을 벗는다.

아니, 얼마 전에 여기 근처 다른 여관에서 어떤 남자가, 지가 지 목을 매달아서, 그래서 내가 하도 겁이 나서…….

이곳일 것이다. 여기서 죽었을 것이다. 때문에 주인은 죽음에 민감해진 상태라고, 원도는 생각한다. 그 누구를 보든, 저 사람은 죽으려는 사람인가 살려는 사람인가를 알아맞히는 데 온 신경을 집중하고 있다고. 그래서 나를 알아봤을 것이라고. 문을 닫고 나가려는 주인의 뒤통수에 대고 원도는 간신히 소리 내어 말한다.

불.

주인이 돌아본다. 원도가 눈짓으로 형광등을 가리킨다.

다시 어둠.

조금 전 빛 때문에 더 깊어진 어둠.

문이 닫히고, 원도는 다시 혼자가 된다.

어딜까.

원도가 암흑을 둘러본다.

어디에 맸을까.

커튼 봉에 시선이 머문다.

왜 죽었을까.

이곳에서 죽었을 '어떤 남자'를 상상한다. 허리띠를 풀고, 매듭을 만들고, 목을 맨다. 어렵지 않다. 라면 하나를 끓이는 일보다 쉽고 간단하다. 그런데 나는 어째서. 목구멍을 거슬러 울컥 검붉은 피가 솟구친다. 누런 장판 위로 핏물이 떨어진다. 없던 것이 생긴다.

○

너무 욕심을 냈는지도 모른다. 하지만 다들 그 정도 욕심은 내고 살지 않나. 아닌가. 욕심을 채우면서도 죽지 않는 사람이 더 많다. 아니다. 모두 죽는다. 하지만 욕심 때문에 죽진 않는다. 아니다. 욕심이 사람을 죽이기도 한다. 아니다. 욕심 없이 살아도 죽긴 죽는다. 그 때문에 인생은 비극이다. 비극과 불행은 다르다. 행복하고 싶었다. 그것을 바랐다. 그래서 원했다. 당신이 가진 것, 당신이 원하는 것, 결국 당신을. 당신도 나를 원하길 바랐다. 어긋나고 싶지 않았다. 헷갈리기 싫었다. 그게 잘못인가? 욕심 없이, 기대 없이 사는 것이 과연 가능한가. 죽음은 결과이며 삶은 과정이고 욕심이나 욕망은 그것을 움직이는 연료라고도 할 수 있으니, 적당한 욕심과 욕망이 있어야 삶도 진행된다는 식으로 뻔하고 무책임하게 말할 수도 있다. 물론이다. 하지만 그런 하찮은 정의가 대체 무슨 소용인가. 오직 돈이었던 것은 아니다. 그렇게 말할 수 없다. 돈 너머 무언가가 있다. 항상 그 너머가 있었다. 인정받고 싶었다. 무엇을? 나는 확실히 그렇다는 것을. 확실히 그런, 무엇을? 모든 것을 누릴 만하다

는 것을. 모든, 무엇을? 지위를. 어떤 지위를? 그 모든 것을
누리는 지위. 그, 모든, 무엇을? 가진 자로서. 무엇을 가진
자? 돈과 명예와 사랑, 아니 모든 것을. 모든 것을 가진 자
로서 누리는 무엇을? 뒤죽박죽된 질문은 다시 원점으로 돌
아간다. 원점에 당신이 있다. 당신을 가리키지 않는 한 모든
대답은 어긋난다. 오직 당신이다. 그러나 당신을 볼 수 없
다. 만질 수도 느낄 수도 없다. 알 수 없다. 당신은 없다. 하
지만 없어선 안 된다. 돈이 아니다. 돈 너머가 있다. 있었다.
장민석의 하얗고도 건조한 손이, 아름다운 속눈썹과 잘 빚
어진 코와 탐스러운 입술이 있었다. 흠마저 매력으로 둔갑
시키는 묘한 외모와 절대 흉내 낼 수 없는 성격이 있었고,
잘 지냈느냐는 인사가, 어떻게 사느냐는 질문이 있었다.

난 그럼에도 불구하고라는 말이 제일 싫더라. 자연스럽
지 못하잖아. 그건 분명 폭력적이야.

중얼거리던 장민석.

이해하려고 애쓰지 마. 생각하지 마. 단번에 이해되지
않는다면 그건 가짜야. 생각을 낭비해서 스스로를 속이는
거지. 솔직하게 말해봐. 고상한 척하지 말고.

장민석의 목소리.

그래 이 개새끼야. 나는 니가 당장 뒈져버렸으면 좋겠

다. 너나 나나 둘 중 하나는 태어나기 전에 죽어버렸어야
했어.

울분 섞인 원도의 말.

정말 그것을 바랐던가. 알 수 없다. 말은 언제나 진실보
다 넘치거나 부족하다. 아무리 애써도 완벽하게 똑같은 동
그라미를 그릴 수 없다. 장민석을 닮고 싶었다. 그런 때가
있었다. 그럴 수 있을 것 같았다. 장민석과 원도는 제법 비
슷했으나 같지 않았다. 원도에게 없는 무언가가 장민석에
겐 있었다. 진품과 모작을 구분하는 서명 같은 것. 미세한
질감 차이. 점 하나 혹은 선 하나의 차이. 사소한 차이가 전
체를 바꾼다. 뒤집는다. 당신과 나를 구분 짓고 갈라놓고 다
다를 수 없게 한다. 대체 무엇을 바랐던가. 그것을 명확하
게, 한 치의 오차도 없이 알았던 적이 한순간이라도 있었던
가. 타협과 기만과 합리화 없는 완전무결한 만족이 과연 가
능한가. 인간의 마음에는, 어디 있는지 알지 못하지만 분명
존재하는 그 중심에는 무엇으로도 채워지지 않은 어떤 공
간이 있는데, 아주 사소한, 빗방울 하나보다도 작은 공간이
있는데, 마음의 대부분을 차지하는 딱딱한 맨틀 같은 것이
둘러싸고 있어서 무엇도 그 중심에 닿을 수 없고, 닿을 수
없으니 채울 수도 없고, 그래서 그 공간은 텅 비어 있을 수

밖에 없는데, 닿을 수도 채울 수도 볼 수도 없지만 그곳에 있기에 분명 느껴지는 그 빈 곳은 결국 저주이고, 신이 인간을 완벽하게 사랑하기보다, 사랑하면서도 증오하여 만든 마음의 구멍이고, 하얀 백지에 점 하나를 찍듯 충동적으로 만들어버린 그 공간 때문에, 그 공간을 견딜 수 없어서, 그것을 느낄 때마다 외롭고 무섭고 불안해서, 균형이 맞지 않아서, 자꾸 기울어서 끊임없이 무언가를 원하고, 원하던 것이 그 구멍에 맞지 않는 것만 같아서 버리고, 버리기도 전에 다시 다른 것을 원하고, 형태 없는 빈 공간에 꼭 맞는 조각이란 애당초 있을 수 없는데, 반드시 있을 것이란 믿음으로 찾아 헤매고, 배신하고, 질투하고, 탐하고, 죄를 지으면서, 그것을 채워야, 채워 넣어야 이 불안, 이 고통, 이 고독도 사라질 것 같아서, 누구도 한곳에, 어느 한 자리에 영원히 머무르지 못하고, 신이 인간을 증오하듯 서로를 증오할 수밖에 없고, 단번에 충동적으로 사랑할 수밖에 없고, 사랑한다 믿을 수밖에 없고 다시 떠날 수밖에 없는 것이라고, 미친 듯이 찾아 헤매다 결국 죽어버릴 수밖에 없다고, 죽는 순간에도 그것은 채워지지 않을 것이라고, 그것은 원래 없는 것이라고, 태어나는 순간 형성된 상처, 보고 듣고 느끼고 굳고 마모되며 세상을 견디는 대가로 아물어가는, 구멍이나 통로가 아닌 흉터인데, 채울 수도 채울 필요도 없는데, 그런데 어째서 죽은 아버지는 죽기 전에 마지막으로 **만족스럽다**는 글을 남겼는지, 그럴 수 있었는지, 그것이 과연 진심인지, 진실인지, 죽은 아버지는 정말 만족하여 **만족스럽다**는 글을 남겼는지, **만족스럽다**면서 왜 죽었는지, 내가 말하는 만족과 그가 말하는 만족이 과연 같은지, 죽은 아버지가 느낀 만족이란 대체 무엇인지 알 수 없어서 차라리 죽은 아버지가 되고 싶지만, 그것은 **어림없다** 불가능하고, 죽은 아버지의 죽음에서 시작된 나는 왜 죽지 않았는가라는 질문은 결국, 내가 되어서 **너는 모른다** 그것을 알아내라는 죽은 아버지의 저주 같고, 아니 너는 그것을 영원히 **알 수 없다** 알 수 없을 것이라는 저주 같고, 나는 정말 알 수 없어요, 아버지, 그렇지만, 그렇더라도, 만족스러웠던 순간이 아주 없는 것은 아니다. 너무 찰나여서 거짓말 같을 뿐. 그런 순간도 있었다. 마음 한가운데, 빗방울보다도 작은 그 공간이 채워졌다 믿었던 순간. 아니, 그 공간이 사라졌다 믿고 싶던 순간들.

○

하지만.

기억하고 싶지 않다.

그런 기억은 느닷없이 벽을 뚫고 튀어나오는 주먹과 같다. 누구의 것인지도, 무엇을 겨냥하는지도 모를 단단한 주먹. 피해야 할지 잡아야 할지 펴야 할지, 편다면 그 안에 꽃잎이 있을지 잘린 혀가 있을지 터진 눈알이 있을지 다이아몬드가 있을지, 전혀 짐작할 수 없다. 당신이 최고라는 말, 사랑한다는 말, 성취감, 얄팍한 위로, 마지못한 인정, 신기루 같은 환상, 모두 거짓이었다. 그리워 돌아보면 터무니없이 황폐한 그 자리. 순간의 진심 따위 아무짝에도 쓸모없다. 태어나자마자 죽음을 향해 돌진하는 생명. 완성하기도 전에 썩어가는 음식. 진심이란, 감정이란, 그런 것이다. 일 초 전의 세상과 일 초 후의 세상은 다르다. 절대 같을 수 없다.

결국 혼자 남았다.

지금 이 순간 분명한 사실은 오직 그뿐이다.

○

　장민석은 웃는 아이였다. 눈을 감으면 절로 그의 미소
가 떠올라 불면증에 걸릴 지경이었다. 세수를 하면서 눈 감
는 것조차 무서웠다. 장민석이 화가 날 때마다 웃는 것은
아니었겠지만, 기뻐서, 즐거워서, 웃겨서 웃는 때도 있었겠
지만 그렇더라도, 혹은 그래서 원도는 무서웠다.

　새끼 너도 이 자식이랑 같은 데 사냐?
라는 말은 결국 사실이 되었다. 일 년 남짓한 기간이었다.
원도가 장민석의 입을 찢어놓은 그날에서 멀지 않은 때, 원
도의 방에 감색 가방 두 개가 들어왔다. 다음 날 장민석의
물건이 원도의 옷장과 서랍을 채웠다. 미세하게 바뀐 방 안
풍경을 둘러보며 원도는, 어머니가 옷장을 열어 원도의 옷
을 한쪽으로 치우고 그 자리에 장민석의 옷을 차곡차곡 개
어 넣는 장면을 상상했다. 책상 서랍 하나를 통째로 비우고,
비우기 위해 무언가를, 원도의 무언가를 버리고, 그렇게 만
들어진 빈 공간을 장민석의 물건으로 채우는 장면을 상상
했다. 내겐 버릴 것도, 뺏길 것도 없다고 원도는 생각했다.
빼앗아 올 것은 많아도 뺏길 것은 없다고. 채워야 할 것은

많아도 버릴 것은 없다고.

아버지. 침범이 뭐예요.

어머니에게 하고 싶은 질문을 산 아버지에게 했다. 명확한 것을 좋아하는 산 아버지는 원도에게 손바닥보다 조금 큰 국어사전을 사줬다. 국어사전을 펼쳐 침범이란 단어를 찾아보았다. 침범을 설명하려고 모여든 단어는 죄다 모호했다. 경계가 불분명했다. 침입이란 단어도 마찬가지였다. 침입을 알기 위해서는 침범을 알아야 했다. 세상에 사전만큼 소용없는 물건도 없었다. 결국 스스로 정의 내렸다.

'장민석'이다.

이 상황을 설명할 단어는 그뿐이다.

침범도 침입도 침략도 약탈도 박탈도 메우지 못한 상황과 감정의 절묘한 빈틈을 '장민석'이란 단어가 채웠다. '장민석'은 허물고 스며들고 잠식하고 부지불식간에 영역을 넓히다가 와락 차지하는 것이었다. 그리고 웃음. 눈을 떠도 감아도 장민석이 보였다. 온통 장민석이었다. 아침이면 원도가 먼저 화장실에 들어가 오줌을 누고 세수를 했다. 그동안 장민석은 이불을 개고 방을 정리했다. 밥을 먹을 때도 장민석은 원도가 좋아하거나 값비싼 반찬에는 젓가락을 대지 않았다. 리모컨은 언제나 원도 손에 쥐여 있었다. 책상은 원도 차지였고 장민석은 개다리소반에 앉아 숙제를 했다. 원도가 내키는 대로 아무 말이나 지껄일 때 장민석은 맑고 단정한 단어만을 골라 말했다. 장민석은 무엇이든 원도가 먼저 선택하도록 했다. 어머니와 산 아버지는 그것을 어른스럽고 의젓한 장민석의 양보와 배려라고 이해했다.

어떻게 양보인가. 모두가 원래 내 것이었다. 장민석은 양보를 하려야 할 수 없다고, 원도는 생각했다. 억울했다. 자기 선택을 신뢰할 수 없었다. 언제나 장민석의 것이 더 좋아 보였다. 무엇을 선택하느냐의 문제가 아니었다. 아무리 볼품없고 비천한 것이라도, 그런 입장과 역할이라도, 장민석이 가지는 순간 그것은 무엇보다 좋고 탐나는 것이 되었다. 장민석이 나타나기 전까지 원도는 그저 원도였다. 이기적이거나 철없다는 수식을 붙일 필요 없는, '원도'라는 두 글자만으로 충분한 아이. 없던 장민석이 생기면서, 없던 원도가 한꺼번에 생겼다. 게으른 원도. 고집 센 원도. 편식하는 원도. 깔끔하지 못한 원도. 버릇없는 원도. 미숙한 원도. 불성실한 원도. 입이 거친 원도. 이기적인 원도. 욕심 많은 원도. 상대적으로 원도는 그런 아이였다. 슬슬 눈치를 보게 되었다. 장민석의 말과 행동을 더욱 주시했다. 집에서도 학교에서도 '장민석과 원도'였다. 두 사람은 종일 같은 공간 혹은 가까운 거리에 있었다. 마치 사랑에 빠진 사람처럼, 원도는 장민석이 보이지 않는 순간에도 그를 의식하고 상상했다. 무슨 생각을 하는지, 무엇을 하는지, 누구와 있는지, 기분은 어떤지, 그도 내 생각을 하는지, 그에게 나는 어떤 존재인지. 장민석에 관한 모든 것을 알고 싶었다. 손바닥에 올려두고 싶었다. 그래야 안심이 될 것 같았다. 그럴 수 없기에 늘 불안했다. 짜증과 신경질과 심술이 늘었다. 어긋나는 말을 하고 되바라진 행동을 했다. 장민석에 관한 모든 것을 의심하고 과장했다. 그를 알 수 없는데, 짐작할 수 없는데, 그와 같아질 수 없는데, 그런데 그가 자꾸 튀어나오기 때문이었다. 어머니는 장민석을 성인 남자처럼 대했다. 마치 사랑에 빠진 사람처럼, 장민석 앞에서 말과 행동과 표정을 조심했다. 옷차림을 단정히 했다. 집을 자주 비우지도 않았고, 일찍 들어와 저녁을 챙겨주는 날이 많아졌다. 무표정한 얼굴로 울지도 않았다. 자주 동나던 휴지나 치약이나 세탁한 수건 따위를 티 나지 않게 살뜰히 챙겼다. 용서하라는 말도 하지 않았다. 결정적으로, 침묵을 깼다. 때로 재미없는 농담을 하면서 웃었고, 하나 마나 한 질문을 던졌고, 묻지 않은 말에 먼저 대답했다. 자주 그의 기분을 물었고, 그가 좋아할 만한 반찬이나 필요로 할 물건을 꼼꼼히 살폈다.

나날이 부지런해지던 어머니의 눈과 귀와 손과 발. 장민석의 소유물은 점점 완전해졌다. 적어도, 물질적으로는 부족함 없이, 심지어 풍족해졌다. 산 아버지는 적군이 되어버린 어릴 적 단짝처럼 장민석을 대했다. 경계를 늦추지 않으면서도 진한 정이 묻어나는 말이나 행동을 무심코 드러냈다. 무관심한 척하다가도 장민석의 해진 운동화를 조용히 새 운동화로 바꿔줬다. 무뚝뚝하게 굴다가도 잠든 장민석의 베개를 바로 괴어줬다. 강력 사건 때문에 며칠 집에 들어오지 못하던 때였다. 늦은 밤 전화를 걸어 잠든 장민석을 굳이 바꿔달라고 하더니 건조한 목소리로 물었다. 잘 지내느냐. 밥은 잘 먹느냐. 불편한 것은 없느냐. 필요한 것은 없느냐. 잠시 침묵하다가 나직하게 전했다. 잘 자라. 이불 잘 덮고 자라. 감기 든다. 망설이다 덧붙인 말이었지만 짧고 강렬한 본론이었다. 그런 식으로 진심을 전했다. 마치, 사랑에, 빠진, 사람처럼.

학교 아이들에게는 비밀이었다. 누가 먼저 그러자고 제안한 것도 아닌데 자연스럽게 그리되었다. 등교도 따로 했다. 원도가 집을 나가고 십여 분 뒤에야 장민석은 집을 나섰다. 짱짱한 햇살이 고드름을 만들던 12월 아침이었다. 원도는 집 근처 골목 어귀에 숨어 발부리로 얼어붙은 눈을 깨며 장민석이 나타나기를 기다렸다. 무슨 작정이 있었던 것은 아니고, 그저 궁금했다. 그가 언제쯤 어떻게 집에서 나와 어떤 표정과 걸음으로 학교까지 가는지 엿보고 싶었다. 혼자 걷는 장민석을, 무방비한 장민석을 보고 싶었다. 그런데 어머니가 먼저 보였다. 베란다 유리문이 열렸고, 어머니의 얼굴과 몸이 드러났고, 빌라 현관으로 장민석이 걸어 나왔다. 유리문에 한쪽 손을 얹고 몸을 약간 밖으로 내민 어머니가 장민석을 내려다봤다. 현관을 나선 장민석이 위를 올려다봤다. 어머니가 손을 흔들었다. 두 사람의 입에서 허연 입김이 동시에 터져 나왔다. 위를 올려다보던 장민석의 몸이 빙판길 위에서 잠시 뒤뚱거렸다. 어머니가 놀란 표정을 지었다. 장민석은 넘어지지 않고, 마치 당신을 놀래주기 위해 일부러 그랬다는 듯이, 빙판길 위에 두 발을 대고 주욱 미끄러지는 시늉을 했다. 어머니가 그 모습을 가만히 지켜보며 씨발 살짝 웃었다. 장민석이 현관으로 나오자마자 자연스럽게 위를 올려다봤다는 것은, 매일 아침 어머니가 그곳에서 장민석을 내려다봤다는 뜻이었다. 이를테면 두 사람 사이의 습관이자 약속이었다. 원도는 어머니를 보고, 장민석을 보고, 두 사람을 보고, 한 쌍의 스피커에서 흘러나오는 세레나데 같은 그들의 입김을 보고 또 보다가 고개를 숙였다.

저것은 내 것이다. 원래 내 것이었다.

몰랐을 뿐이다.

어머니는 베란다에 서서 손을 흔들어줄 수 있었다.

그런 약속과 습관이 가능하다는 것을 먼저 알지 못했을 뿐이다. 원도는 담벼락에 몸을 숨긴 채 생각했다. 저 자식은 뭐지. 대체 뭐지. 어째서 저렇게 자연스럽지. 엄마는 뭐지. 대체 뭐지. 어째서 저렇게 웃는 거지. 두 사람은 뭐지. 서로에게 뭐지. 나는 뭐지. 저들에게 나는 뭐지. 죽어버리고 싶다. 죽어서 복수하고 싶다. 죽어서 저들을 죄책감에 빠뜨리고 싶다. 나는 왜 여기에 있지. 왜 엿보고 있지. 내가 여기 있어서 저들은 가까워질 수 없다. 내가 막고 있다. 저들 사이를. 사라지고 싶다. 내가 사라져야 완벽하다. 원도는 터무니없는 죄책감에 빠져버렸고, 더불어 분노했다. 더부살이하는 자는 장민석이 아니라 자기였다. 원래 장민석의 자리였던 곳에 어쩌다 보니 자기가 먼저 들어가 살게 되었고, 이제야 제자리를 찾아온 장민석이 넓은 아량으로 자기를 내쫓지 않는 것만 같았다. 그래, 양보였다. 부모님이 말하던 그것이었다. 그날 이후 모든 상황이, 관계의 암묵적 동의가, 사랑과 긴장과 금기로 가득 찬 집 안 공기와 그것을 가능케

하는 대상이, 네 사람의 숨소리와 냄새와 말과 행동 그 모든 것이 똥이나 토사물처럼 느껴졌다. 피할 수 없는 악취와 독기 속에서, 원도는 자기 자리를 찾지 못하고 차차 괴물이 되어갔다.

○

　괴물이 되는 방법은 간단하다. 상대가 무엇을 원치 않
는지 알면 된다. 원치 않는 그것을 하면 된다. 그러려면 상
대가 무엇을 원하는지부터 알아야 한다. 부모님은 용서와
이해를 원했다. 그 말을 입에 달고 살았다. 그리고 장민석을
원했다. 장민석의 모든 것에 감동하고 감탄했으며 인정하
고 칭찬했다. 원도는 용서하지 않고 이해하지 않으려고, 장
민석과 정반대되는 말과 행동을 하려고 애썼지만, 어려웠
다. 용서하고 이해하는 것보다, 용서하지 않고 이해하지 않
는 게 더 어려웠다. 장민석과 정반대의 사람이 되는 것 역
시 장민석과 똑같은 사람이 되는 것만큼 까다로웠다. 그래
서 장민석에게 강요했다. 내가 먹을 때 넌 먹지 마. 내가 말
할 때 넌 말하지 마. 내가 잘 때 넌 자지 마. 나처럼 하지 마.
아무것도 하지 마. 뒈져버려. 거지새끼. 꺼져버려. 씨발개새
끼. 장민석은 웃다가, 서서히 웃음을 지웠다. 웃지 않고 저
항했다. 저항하다가, 원도처럼 괴물이 되어갔다. 은밀한 전
쟁이 시작되었다. 두 괴물은 상대에게 치명적인 말과 행동
을 고르고 벼르고 결정적인 순간을 기다렸으며 때를 놓치

지 않았다. 장민석이 원하는 것을 원도도 원하고, 장민석이 거부하는 것을 원도도 거부했다. 원도가 거지새끼라고 말하면 장민석은 씨발개새끼라고 말했다. 원도가 장민석의 밥에 가래를 뱉으면 장민석은 원도의 신발에 오줌을 쌌다. 원도가 장민석의 머리통을 갈기면 장민석은 원도의 머리카락을 쥐어뜯었다. 온갖 욕설과 악담을 주고받으며 밤을 새우고, 날이 밝으면 또래를 동원해 패싸움을 벌이고 이간질을 했다. 몸과 마음 곳곳에 구멍이 났다. 그 모든 것을, 어른들 모르게 했다. 그래야만 했다. 왜 그랬느냐는 질문을 피해야 했다. 두 사람 모두에게 위험한 질문이었다. 또 다른 암묵적 동의가 생겼다. 최대한 드러나지 않는 곳에 상처를 낼것. 상대의 물건을 티 나지 않게 훼손할 것. 어른들 앞에서는 말을 아낄 것. 두 사람은 공평하게 지쳐갔고 원도는 순간순간 깨달았다. 장민석과 자기는 너무나 비슷하다는 것을. 엇비슷한 힘, 체력, 오기와 인내심, 자존심과 열등감. 서서히 닮아가는 상처. 동등하게 영악하고 연약하고 순진하고 치사한 두 사람. 상대를 닮고자 노력할 때는 전혀 느낄수 없었던 숱한 비슷함. 문제는 장민석의 말투나 미소나 버릇이 아니었다. 그것은 소매에 달린 사소한 보풀에 불과했다. 어머니와 산 아버지가 장민석을 원하는 이유는, 그에게 관대하고 특별히 대하는 이유는, 장민석이 그들 소유가 아니어서였다. 반면 원도는 그들의 아들이었다. 본디 주어진 명확한 지위와 상징이 존재했다. 그 때문에 그들은 원도를 안다고, 가졌다고, 원도는 자기 것이라고 생각했다. 장민석은 아들처럼 대해야 하지만 아들은 아니고, 남처럼 대하면 안 되지만 남이며, 보살펴야 하지만 너무 정을 줘도 안 되고, 간섭해서는 안 되지만 무관심할 수도 없고, 의무감을 느낄 필요는 없지만 방관해서도 안 되는 존재. 장민석도 어머니도 산 아버지도 서로를 가르는 경계를, 아슬아슬한 선을 지키고자 노력했다. 원도는 그것을 거부했다. 네가 내가 되든가 아니면 당장 꺼져버려 개새끼였다. 비슷한 점수를 받아 왔는데 산 아버지가 장민석만 칭찬했을 때, 원도의 표정이 점점 굳어가는 것을 본 산 아버지가, 너는 저번에도 그 점수를 받았지만 민석은 10점이나 올랐으니 더 인정해주는 게 당연하다고 굳이 합리적인 이유를 덧붙였을 때, 어버이날 장민석이 편지와 백합 한 송이와 분홍색 손수건을 어머니에게 선물했을 때, 그것을 받아 든 어머니가, 맙소사, 어머니가, 장민석의 머리를 쓰다듬고 잠시 망설이다 장민석을 꼭 안아버렸을 때, 허리가 휘청 휠 만큼 거세게 껴안았을 때, 어머니에게 줄 빨간 카네이션과 머리핀을 쥐고 방에서 그 장면을 엿보던 원도는, 장민석이 그 자리에서 미쳐버리거나 숨이 막혀 죽어버리면 좋겠다고 생각하면서 불현듯 죽은 아버지를 떠올렸다. 죽은 아버지라는 어감이 원도를 흥분시켰다. 죽은 아버지의 마지막 글자.

만족스럽다.

그것은 자세다.

차가운 여관방에 앉아 살얼음처럼 가장자리부터 얼어가던 원도가 생각한다.

마음 상태가 아니다. 마음가짐이다. 죽음을 준비하는 자세. 만족을 위해 죽고 싶다는 열망. 혹은 만족스럽게 죽겠다는 선언. 결말이 아닌 시작이다. 벽이 아닌 문, 활짝 열린 문이다. 혼잣말이 아니다. 명확한 대상을 겨냥하는 신호다. 어떤 신호일까. 원망, 소망, 요청, 아니 저주? 누굴까. 누구에게 보내는 신호일까. 나일 수도 있다. 내게 보낸 것일 수도 있다. 죽은 아버지는 그것을 나의 스케치북에, 나에게 남겼다. 그리고 내 눈을 보며 또박또박 말했다.

아버지를 믿어라, 원도야.

나를 불렀다. 내게 말했다. 죽기 전 마지막으로 내뱉은 말이 씨발 내 이름이다. 마지막 글자도 마지막 말도 모두 내게 남겼다. 그리고 내 앞에서 죽었다. 같은 물을 나눠 마시고 혼자 죽었다. 정녕 내게 보낸 신호라면, 너무 늦었다. 이미 알던 그것을 이제야 받았다. 그동안 나는 죽은 아버지보다 더 늙어버렸다. 나와는 상관없는 일, 관여할 문제가 아니라고 여겼다. 하지만 나 때문이라면. 도화선에 불을 붙인 당사자가 나라면. 바로 내가 죽음의 본질이라면. 조각난 기억을 헤집다가 기억 너머까지 헤치며 진실의 사칙연산에 골몰하는 원도.

단번에 이해되는 진실이 아니라면 가짜야.

장민석의 말이다.

진실이 중요해? 그걸 원해? 그런 건 없어. 없는 그것을 어떻게 원해?

그녀의 말이다.

아버지, 저 사람들을 용서하여 주십시오. 그들은 자기가 하는 일을 모르고 있습니다.

어머니가 혼자 읊어대던 주님의 말씀.

아버지를 믿어라, 원도야.

하지만 아버지, 난 당신이 누구인지 몰라요. 얼굴도 기억나지 않아. 목소리도 몰라. 뭘 하던 사람인지, 이름은 뭔지, 어떤 인생을 살았는지, 당신의 과거, 당신의 부모, 당신의 몸과 마음 아무것도 몰라. 모릅니다. 모르고, 내가 당신을 아빠라고 불렀다는 것밖에 몰라. 왜 그랬어. 죽은 주제에 죽지도 않고 지금까지 내게 왜. **믿어라.** 무엇 때문에? 내가 뭔데? 당신은 뭔데? **질문은 너의 일이 아니다.** 우리가 대체 뭔데! 무엇을 왜 믿으라는지는 그다음 문제다. 먼저 알아야만 하는 것이 있다.

○

    장민석은 원래 자리를 양보하고 변두리에 선 채로도 원도의 모든 것을 가져갔다. 그와 함께 사는 동안 원도는 곳곳에서 푸석푸석 소리를 들었다. 바짝 마른 껍질이 맥없이 부서지는 소리였다. 어머니의 껍질, 산 아버지의 껍질, 자기 것이라 믿었던 모든 것의 껍질. 알맹이는 장민석 차지였다. 부스러진 그것이 얕은 입김에라도 날아가버릴까 원도는 죽은 사람처럼, 죽어 사라진 죽은 아버지처럼 숨을 참았다. 장민석이 이겼다. 이길 수밖에 없었다. 상처가 드러날 때마다 모두가 장민석을 위로했고, 장민석의 입장에서 이해했으며, 원도에게 책임을 물었다. 이긴 장민석은 때마침 나타난 친부모를 따라 노획물인 알맹이를 감색 가방에 차곡차곡 챙겨 넣고 다른 도시로 떠났다.

    하지만 이후에도 장민석의 그림자는 늘 원도를 지켜봤다. 지켜보는 것만으로도 원도를 괴롭혔다. 원도는 가상의 장민석과 경쟁했다. 거울을 보며, 장민석의 키는 얼마나 컸을까 생각했다. 시험을 치면, 장민석은 반에서 몇 등이나 할까 생각했다. 농구를 하면서, 장민석은 센터일까 가드일까 생각했다. 혼잣말로 꺼져 꺼지라고, 중얼거리는 버릇이 생겼다. 장민석의 그림자는 어두운 방 안에서 형광등을 켜듯 결정적인 순간마다 눈부시게 드러났다. 중학생 원도는 가끔 생각했다. 그때 끝까지 싸웠다면, 애들이 말리지 않았다면, 장민석을 이길 수 있었을까? 고등학생 원도는 가끔 생각했다. 지금이라면 그 새끼 확 조져놓을 수 있는데. 작정하고 한번 찾아봐? 재수생 시절 원도는 생각했다. 그 자식도 대학생이랍시고 연애하고 다니겠지. 대학생이 된 후에는 발표를 하거나 사람들 앞에서 자기소개를 할 때마다 장민석을 떠올렸다. 잘하고 싶은데 잘할 수 없을 때, 아니 나름대로 잘한 것 같은데 아무도 잘한다고 말해주지 않을 때마다 장민석의 그림자는 선명해졌다. 이를테면 유경의 이런 말들.

나는 오빠가 좀 더 남자답게, 그랬으면 좋겠어.

같은 과 사람들과 함께한 술자리에서였다. 우렁찬 목소리와 화려한 말주변을 가진, 곧 졸업을 앞둔 선배 한 명이 분위기를 휩쓸었다. 선배는 타고난 리더십으로 과 사업을 도맡다가 집행부를 넘겨주고 회계사 시험인가 노무사 시험인가를 준비하고 있었다. 원도는 선배가 시험에 떨어지고 보잘것없어져서 더는 학교에 나타나지 않길 바랐다. 선배를 바라보는 여자들의 눈빛이 원도를 불편하게 했다. 선배에게는 스튜어디스 애인이 있었다. 언젠가 유니폼 차림으로 캐리어를 끌고 학교에 나타난 애인을 보고 원도를 비롯한 남자들 대부분이 열패감을 느낀 만큼 여자들 역시 기분이 상했고, 그날 이후 선배와 관련된 허황한 소문이 잠시 떠돌았다. 그 여자 고등학교 동창이 내가 아는 언니의 친구인데 고등학생 때는 지금 얼굴과 완전히 달랐다더라는 소문은 여자들 사이에서, 선배가 그 여자에게 매달 용돈을 받는다는 소문은 남자들 사이에서. 소주 한 잔을 단숨에 들이켠 선배가 입을 열었다. 야, 나도 들었다, 나에 대한 해괴한 소문. 말하면서 껄껄 웃었다. '야'로 시작되는 말은 장민석이었다. 그 웃음도 장민석이었다. 원도는 불안과 불쾌와 긴장을 동시에 느꼈다. 선배의 말에 술자리가 잠시 고요해졌고, 선배의 웃음에 술자리는 더 고요해졌다. 새끼들. 다 뜯어고쳤다고 생각할 만큼 개가 그렇게 예쁘냐? 선배가 담배를 입에 물며 조용히 말했다. 나에 대해서 나불거리는 것까지는 넘어가겠는데, 근데 그 주둥이에 개까지 함부로 담진 마라. 한 번만 더 좆같은 소문 들리면 가만 안 둔다. 내가 지금 확실하게 말했다. 알았어? 다들 조용히 술잔만 만지고 있었다. 담배 연기를 내뿜으며 후배들을 쭉 훑어보던 선배가 다시 껄껄 웃으면서 원도를 가리켰다. 야. 너. 너 재랑 사

귀지? 선배가 원도를 보며 턱짓으로 유경을 가리켰다. 원
도는 그렇다고 말하지 못하고 고개도 끄덕이지 못하고, 선
배의 압정 같은 눈빛을 피해 그 뒤편에 걸린 달력만 쳐다봤
다. 달력을 쳐다봤지만 맞은편에 앉은 유경이 마뜩잖은 표
정으로 소주를 들이켜는 것도 봤다. 선배가 명령했다.

　야, 일어나서 유경아 사랑한다 큰 소리로 말해봐.

　굳은 공기에 균열이 생기고 사람들이 조금씩 낄낄거리
기 시작했다. 그런 말이라면 못 할 것도 없지만 반드시 해
야 할 이유도 없었기에 원도는 가만히 있었다.

　야, 남자 새끼가 존나 소심하게. 여기서 확실히 도장 찍
어, 인마. 내가 지금 너한테 엄청난 기회를 주는 거 아니냐.
한심한 새끼야.

　그 말은 마치 원도가 선배의 명령을 따르는 경우 그가
두 사람의 관계를 인정하겠다는 말처럼 들렸다. 자존심이
상했다. 그렇다고 선배에게 선배가 뭔데 기회를 주고 말고
그럽니까 말할 자신도 없었다. 낄낄거리던 사람들이 자기
들끼리 무슨 말인가를 주고받다가 왁자하게 웃었다. 선배
는 원도의 소심함을 재료 삼아 다시 분위기를 휘어잡았다.
원도는 자기를 지켜보는 장민석의 그림자에 시달리며 선
배 뒤에 걸린 달력만 쳐다봤다. 달력에는 소주잔을 치켜들

고 눈웃음을 짓는 여자 사진이 있었다. 꺼져. 꺼져버려. 원
도는 장민석을 향해, 달력 속의 여자를 향해 끊임없이 중얼
거렸다. 그날 밤 유경을 집까지 바래다주며 두 사람은 몹시
싸웠다. 다시 안 만날 사람처럼 독한 말을 주고받다가 유경
은 안녕이란 말도 없이 집으로 들어가버렸고, 유경이 눈앞
에서 사라지자마자 원도는 앞만 보고 걸었다. 걸으면서 '남
자답다'라는 것에 대해 생각했다. 사람 많은 곳에서 유경아
사랑한다라고 큰 소리로 말하는 것과, 술 취한 여자를 집
까지 바래다주는 것과, 사람들 앞에서 후배를 갈구며 허세
를 부리는 것에 대해. 그리고 유경에 대해. 유경이 바라는
건 남자다운 자기가 아니라 자기가 아닌 다른 남자라는 것
에 대해서. 유경은 원도에게 이것저것을 하지 말라거나 이
러저러한 것을 하면 좋겠다는 말을 많이 했다. 나는 오빠가
좀 더 세심했으면 좋겠어. 오빠도 운동 좀 해. 만나서 뭘 할
지 오빠가 좀 정했으면 좋겠어. 사람이 좀 진지해져 봐. 말
을 꼭 그런 식으로 해야 해? 밥 좀 천천히 먹어. 술 좀 적당
히 마셔. 믿음직스러운 모습을 보여줘야 믿지. 친구의 남자
친구에 대해서도 자주 말했다. 유경은 잘못을 지적하려고
원도 곁을 지키는 사람처럼 굴었다. 당구 채로, 이해한다는
말로, 몇 대 맞을래라는 말로 원도의 오류와 책임을 지적하

면서 원도 아닌 다른 존재를 요구하는 선생이나 부모처럼, 유경은 사랑이라는 말을 방패 삼아 있는 그대로의 원도를 부정했다. 고장 난 물건이야 고쳐 쓰면 되지만 그 물건 자체가 마음에 안 든다면 다른 것을 사거나 구하거나 훔쳐야 한다. 나는 고장 난 게 아니라 원래 이런 인간이라고, 원도는 생각했다. 원래 이런 인간인데 유경은 나를 고장 난 인간 취급하고, 이러저러한 것을 고쳐야 한다고 주장한다. 나는 그런 인간이 될 수 없다. 그런 인간과는 부속 자체가, 회로 자체가, 작동 방식 자체가 다르다. 부속 하나를 바꾸는 순간 전체가 바뀌거나 아예 작동을 멈출 것이다. 내가 정말 남자답지 못하다면 남자답지 못한 부속 때문에 지금의 내가 있다. 그것만 쏙 빼낼 수 없다. 그 순간 모두 무너진다. 그러므로 유경이 바라는 것은 어떤 부분을 고친 내가 아니라, 그저 다른 남자일 뿐이라고 결론을 내렸고, 그렇게 쉽게 결론지었던 이유는, 원도의 마음 역시 유경과 다르지 않아서였다. 유경만을 원했던 적도 있다. 그런 때가 있었기에 유경 아닌 다른 여자를 원하게 되었다. "유경아 사랑한다"라고 말하지 못한 이유 역시 소심해서가 아니라, 선배가 시켰기 때문이 아니라, 스스로 그 말을 원치 않아서라고 원도는 생각했다. 만약 선배가 원한 것이 "나는 이제 유경을 사랑하지 않는다"라는 말이었다면, 그랬다면 큰 소리로 말했을지도 모른다. 유경과의 다툼은 더 이상 원도를 괴롭히지 않았다. 며칠만 지나면 아무렇지 않게 같이 다니며 밥 먹고 수업 듣고 술 마시고 섹스할 것이 분명했다. 원도를 괴롭히는 것은 유경 아닌 다른 여자였다. 대상은 불분명하지만 어쨌든 유경을 제외한 다른 여자. 원도를 원하지 않는 모든 여자. 혹은 원도를 원하고 있을지도 모를 어떤 여자. 가려진 여백이 원도를 고민에 빠뜨렸다. 며칠 후 과연 원도가 생각한 대로 두 사람은 같이 밥 먹고 수업 듣고 커피를 마시며, 연예인이나 과제나 기말고사나 재미없는 농담 따위를 주고받으며 종일 붙어 다녔다. 그러나 원도는 유경의 말과 표정에 전혀 흥미를 느끼지 못했다. 유경에게 궁금한 것 역시 없었다. 그 때문에 정체 모를 울화가 치밀기도 했다. 유경은 친구의 남자 친구가 기념일도 아닌데 꽃을 들고 나타났더라는 이야기를, 마치 자기가 꽃을 받은 것처럼, 자기가 그 남자의 애인인 것처럼 흥분하며 말했다. 원도는 유경의 벌건 입속을 쳐다보며 장민석을 떠올렸다. 그 자식은 어떤 여자를 만나고 있을까. 그 여자가 궁금했다. 장민석이 만나고 있을 여자. 장민석이 원하고 장민석을 원하는 여자. 그 여자를 알고 싶다. 그 여자가, 나를 원한다면 좋겠다.

○

　유경에게 미안하다는 말을 참 많이도 했다. 딱히 미안
하지도 않으면서 미안하다고 했다. 그때마다 유경은 차가
운 표정으로 대꾸했다. 내가 지금 미안하다는 말을 듣자는
게 아니잖아. 처음 그 말을 들었을 때는, 그럼 무엇을 원하
는 것일까, 나름 진지하게 고민했다. 유경과 이 년 넘게 사
귀면서 알게 되었다. 유경이 원하는 것은 확실히 미안하다
는 말이 아니었다. 변명도 아니었다. "다음부터 안 그럴게"
역시 아니었다. 이별이다. 이별을 원했다. "내가 지금 미안
하다는 말을 듣자는 게 아니잖아"라고 말하던 순간 유경의
진심은 '차라리 지금 여기서 돌이킬 수 없는 잘못을 저질러
버려!'였다고 원도는 생각한다. 그 때문이라고 말할 수는
없지만 원도는 유경에게 변변한 이별 통보도 하지 않은 채
유경의 선배와 밥 먹고 술 마시고 입 맞추고 새벽길을 걷고
섹스하고 다시 새벽길을 걸었다.
　그녀다.
　그녀가 내 인생을 180도 비틀었다고 원도는 생각한다.
　그녀는 유경과 달랐다. 다른 식으로 말하고 행동했다.

내가 지금 미안하다는 말을 듣자는 게 아니잖아.

라고 말하지 않고,

세상에서 제일 무책임하고 이기적인 말이 미안하다는 말이란 걸 몰라?

라고 했다. 그런 말이 원도를 압도하고 뒤흔들고 상처 냈다. 없던 상처가 생길 때마다 원도는 이전과 전혀 다른 원도가 되었다. 자신이 원하는 바를 드러내는 것이 아니라, 원하는 바도 감추고 자기도 감춘 채, 상대를 어떤 존재로 단정해버리는 그녀의 말과 시선. 그녀가 그렇게 말하는 순간, 원도는 무책임하고 이기적인 사람이 되었다. 원도는 차마 "아니야, 오해야, 그렇지 않아"라고 대꾸할 수 없었다. 어떤 말도 덧붙일 수 없었다. 할 말이 너무 많으면 할 말이 없어지는 법이다. 고등학생 시절 사람들이 자기에 대해 어중간하게 오해하는 게 싫다며 일부러 괴상한 짓만 골라 하던 놈이 있었다. 말 한마디나 사소한 행동만을 보고 "아, 너는 내성적이구나" 혹은 "너 A형이구나"라고 대번에 단정 짓는 사람들이 웃기고 혐오스럽다면서 그런 어중간한 오해를 받느니 차라리 완벽하게 어긋나는 오해를 받는 게 덜 억울하다고 말하던 놈, 그 야뚤. 착각이나 오해 없이 단 일 분도 살아갈 수 없는 어른 원도와 달리 어른도 아이도 아닌 시절의 원도에게 야똘은 잠언과도 같은 존재였다. 야똘은 학기 초부터 예측 불가능한 말과 행동을 서슴지 않으며 사람들의 주목을 끌었고, 그것이 싸움 좀 한다는 놈들을 자극했다. 중간고사를 앞둔 어느 날, 여러 명이 야똘을 둘러쌌다. 야똘은 고개를 숙이지도 같이 주먹질을 하지도 않았다. 일단 패라는 듯 얼굴을 디밀었다. 당연히 맞았다. 모두가 지켜보고 있었지만 초등학생 때처럼 당구 채를 들고 달려오는 선생은 없었다. 선생들은 언제나 일이 일어난 후에 굼벵이처럼 기어와 맞은 아이와 때린 아이를 동시에 패거나 학부모를 불렀다. 물론 맞은 놈과 때린 놈을 따로 불러 시비를 가리고, 좋게 타이르고, 우리 앞으로 잘해보자라는 두루뭉술한 말로 상황을 정리하는 선생도 있긴 했다. 그런 선생에게 걸렸을 때 아이들은 "운이 좋다"고 말했다. '앞으로 잘해봐야겠다'라고 생각하는 아이는 드물었으며, 그 말을 따르더라도 '잘해보는 것'의 정의는 그야말로 제각각이었으니 결국 하나마나 한 말이었다. 두들겨 맞던 야똘이 불쑥 말했다. 내가 무서워? 때리던 놈들이 피식 웃으며 어이없다는 듯 대꾸했다. 이 새끼가 미쳤나. 야똘이 다시 말했다. 내가 무서우니까 패는 거 아냐? 그래 무섭다, 이 또라이 새끼야. 나는 니가 존나게 무섭다. 한 명이 이를 갈며 야똘의 입을 집중적으로 공격했다. 결국 앞니 두 개가 부러졌다. 야똘은 일주일 동안 결석했고, 야똘을 팬 놈은 선생에게 더 많이 맞았지만 어딘가가 부러지진 않았다.

왜 하필 나였겠어.

야똘이 말했다.

난 그놈들에게 아무 짓도 안 했는데 말이야. 왜 하필 나 겠냐고.

니가 너무 괴상망측한 놈이니까 눈에 거슬렸던 것이라 고, 원도는 말하지 않았다.

인간은 말이야. 무섭거나 불안할 때 폭력을 쓰지. 걔들 은 나한테 무관심할 수가 없었던 거야. 무시한다는 게 뭐냐. 아예 없는 사람처럼 대한다는 거잖아. 그건 말이야, 상대를 일단 의식한 다음에야 가능하지. 모든 일엔 순서가 있다 이 거야.

모든 일엔 순서가 있다는 말은 그녀의 말이기도 하다.

그 새끼들, 지금 나를 엄청 의식하고 있는 거야. 무시할 수가 없는 거야. 왜냐. 나를 존나 무서워하니까. 내가 겁나 니까 나를 패는 거라고.

어떤 이는 공포나 불안이 아니라 권태를 못 이겨 폭력 을 휘두르기도 한다고 대꾸하고 싶었지만, 권태로운 상태가 불안하고 무서워서 때리고 부수고 파괴할 수도 있다는 생각이 들어서 원도는 침묵했다.

그러니까 말이야. 결과적으로 말이야. 그 새끼들이 먼저 나를 팼으니까 그 새끼들이 먼저 나를 무서워한 거란 말이지. 그러니까 내가 이긴 거지. 내가 이겼어. 내가 이긴 거야.

야똘은 사실 자기가 이긴 건데, 완벽하게 이겼는데 사람들이 자기가 당한 것으로 오해한다고, 실은 그들이 자기를 무서워하는 건데 사람들은 자기가 그들을 무서워하는 줄 안다고, 그 모든 건 완벽한 오해라고 믿었으며, 그 믿음 때문에 계속 얻어터졌다. 그렇게 일 년쯤 맞다가 결국 입원 당했다. 몸을 치료하는 병원이 아니라 마음을 치료하는 병원에. 어른들은 그를 정신병원에 가두며 설명했다. 야똘이 폭력에 너무 시달려서 정신이 좀 이상해진 것 같다고. 마음의 요양이 필요하다고. 그리고 야똘을 패던 놈들에게 너희는 죄책감을 느껴야 한다고 훈계했는데 놈들은 죄책감 대신 그놈은 원래 사이코였다고, 사이코가 하도 미친 짓을 하니까 자기들도 사이코가 될 것 같아서 패지 않을 수가 없었다고 대꾸했다. 원도는 혼란스러웠다. 야똘의 말도, 선생의 말도, 야똘을 패던 놈들의 말도 틀리지 않았고, 또한 완벽하게 옳지도 않았다. 마음의 요양을 꼭 감금당한 채 할 필요도 없고, 사이코가 될 것 같다고 상대를 패야 하는 것도 아니며, 원도 역시 야똘처럼 어중간한 오해를 우습다고 생각했지만 그렇다고 일부러 괴상망측한 짓을 하고 싶지도 않았다. 야똘이 괴상한 짓을 할 때면 잠시 비켜 있으면 되는데 사람들은 야똘을 패고 병원에 가두었다. 각자의 옳은 말로 야똘의 자유를 뺏었다. 자유는 산 아버지가 좋아하는 것. 산 아버지는 항상 자유를 강조했다. 자유로운 선택과 그 책임을 말했다.

이것을 해라. 저것을 하지 말아라.

이것은 산 아버지의 말이 아니다.

이것과 저것이 있다. 네가 선택해라.

이것이 산 아버지의 말이며, 산 아버지의 말은 결코 자유가 아니다. '이것'과 '저것'이 있고, '그것'이 있을 수도 있다. 산 아버지는 '그것'은 말하지 않았다. '이것'과 '저것'과 '그것'이 있을 때 무언가를 선택할 수도 있지만 아무것도 선택하지 않을 수도 있다. 산 아버지는 그 역시 말하지 않았다. 선택이라는 말조차 없는 곳, 아니 모든 말이 지워지는 곳에 **아니다** 진짜 자유가 있다고 **선택 없는 자유는 없다** 원도는 생각했다.

담배를 피우는 건 네 자유지만 담배는 일단 건강에 안

좋아. 분명 후회하게 될 거다. 공부에 집중할 수도 없고, 나쁜 친구들과 어울리게 된다. 돈도 많이 든다. 넌 미성년자야. 난 네 아버지고 경찰이다. 나는 미성년자에게 담배를 판 사람을 잡아야 한다. 그러려면 일단 널 취조해야 한다. 내가 그러길 원하니? 담배를 끊으면 너는 담배에서 자유로워진다. 돈도 아끼고. 건강해지고. 머리가 훨씬 맑아질 거다. 떳떳해지고 당당해진다. 중독되면 끊지도 못하지. 담배의 노예가 되는 거다. 아직 늦지 않았어. 잘 생각해서 선택해라.

무릎을 꿇은 채 산 아버지의 말을 들으며 원도는 그의 말이 전혀 공평하지 않다고 생각했다. 흡연의 단점과 금연의 장점을 비교해선 안 된다고, 굳이 비교한다면 공평하게 흡연의 단점과 금연의 단점, 혹은 흡연의 장점과 금연의 장점을 말해야 한다고 생각했다. 산 아버지는 자유를 강조하며 오히려 비좁은 틀에 가뒀다. 자유를 명령하는 방법으로 몰수했다. 원도는 담배를 계속 피우거나 끊는 대신 아버지 모르게 피우는 쪽을 선택했다. 아버지가 제시하지 않은 방법이었다. 아버지에게 원도는 담배를 피우지 않는 사람이지만 친구들에게 원도는 담배를 피우는 사람이었다. 그런 식으로, 어른이 될수록, 원도는 조각조각 나뉘었다. 알뜰한, 게으른, 조용한, 성실한, 똑똑한, 무식한, 사려 깊은, 부지런

한, 친절한, 둔한, 멍청한, 술을 잘 마시는, 술을 못 마시는, 거만한, 수줍은, 신경질적인, 냉정한, 용감한, 무책임한, 충동적인, 겸손한, 밝히는, 예민한, 수다스러운, 건강한, 허약한, 미숙한, 가식적인, 명석한, 우유부단한, 욕심 많은, 과감한, 집착하는, 음흉한, 단순한, 비겁한, 소심한, 정직한, 이타적인, 이기적인 원도.

사람들은 자신이 보고자 하는 원도만 봤다. 친절하고 겸손한 원도를 좋아했던 유경은 비겁하고 이기적인 원도를 떠났다. 그리고 그녀. 원도가 미간을 찡그린다. 알 수 없다. 그녀가 무엇을 보았는지, 그녀에게 자신은 어떤 존재였는지. 알 수 없기에 그녀를 갈구했다. 알 수 없어서 그녀를 만나는 동안 불안하고 두려웠다. 의심하고 집착했다. 헤어지고도 여전히 알 수 없어서, 그래서 절대 잊을 수 없을 것이라고 믿었다.

○

　원도가 고등학교를 졸업하던 해 야똘도 병원에서 해방
되었다. 졸업식을 며칠 앞둔 날 원도는 귤 한 봉지를 사 들
고 야똘의 집으로 갔다. 몰라보게 야윈 야똘이 원도를 보며
씩 웃었다. 웃는 야똘을 보자 마음이 불편했다. 겨우 이 년
사이 많은 것이 변해 있었다. 다시 학교에 다닐 생각이냐고
원도가 물었다. 야똘은 멍한 표정으로 대답했다.

　그건 내가 선택할 수 없어.

　그럼?

　야똘이 귤을 조몰락거리며 말했다.

　너도 니가 선택한 건 아니잖아.

　내가?

　우리는 선택하지 않아. 선택당하지.

　원도는 야똘이 병원에 오래 있어서 정말 정신이 이상해
졌나 보다 생각하다가 아니지, 원래 이상한 놈이었지 하고
다시 생각했다. 이상한 놈이지만 병원에 가둘 만큼은 아니
었지 하고 생각하다가, 병원에 가둘 만큼 이상한 것은 대체
어떤 상태인가에 대해 생각했다. 생각의 결론을 내릴 수 없

었다. 야똘의 다음 말을 듣고 싶었다.

그럼 누가 선택해?

원도가 물었다. 야똘은 대답 없이 텔레비전을 켰다. 드라마가 재방송 중이었다. 드라마의 주인공은 돈 많고 인자한 남자와 가난하고 야성적인 남자 중 한 명을 선택하는 대신 두 남자 모두에게 공평한 애정을 나눠 주고 있었다. 누가 선택해? 원도가 다시 물었다. 야똘이 대답해주길 바랐다. 그 대답을 듣고 결론을 내리고 싶었다. 병원에 가둘 만큼 이상한 상태가 어떤 것인지에 대한 결론이 아니라 자기가 아는 야똘이 진짜 야똘과 얼마나 가까운지에 대해. "우리는 선택하지 않아. 선택당하지"라는 야똘의 말과 표정이 국가대표 4번 타자의 홈런포처럼 원도의 시야 밖으로 야똘을 멀리멀리 날려버렸다. 불편했다. 알 수 없는 말이어서 불편하다기보다 알 듯 모를 듯한 말이기에, 알더라도 안다는 것을 부정하고 싶은 말이기에 불편했다. 야똘의 몸뚱이가 황량하고 건조한 콘크리트 바닥에 돋아난 샛노란 꽃 한 송이처럼 보였다. 정말 그렇게 보였다. 사람 얼굴을 한 꽃송이가 시멘트에 발을 묻은 채 하늘하늘 흔들리고 있었다. 그 자체로는 아름답지만 있지 말아야 할 곳에 있기에 외면하고 싶은 불편함이었다. 병원에 가둘 만큼 이상한 놈은 아니라고 생각했지만 야똘이 정말 어떤 놈인지 그 한계점을 원도는 알지 못했다. 잘 알지도 못하면서 병원에 가둘 만큼 이상한 놈은 아니라고 지레 생각했다. 그가 병원이 아니라 학교에, 자기와 함께 갇혀 있길 바랐다. 이 년 전 바람이었다. 오랜만에 보는 야똘은 아예 알 수 없는 놈처럼 느껴졌다. 원도가 재차 물었다.

누가 하냐고, 그걸.

뜻밖에 화난 목소리였고, 어쩐 일인지 주먹을 쥐고 있었다.

소문 들었다.

야똘이 원도를 빤히 보며 말했다.

잘나간다며?

말하며, 야똘은 씩 웃었다. 장민석에 가까운 웃음이었다. 원도는 야똘을 노려보며 거칠게 다그쳤다.

묻는 말에 대답이나 해, 새끼야.

그것까진 몰라. 모르는데, 난 선택하지 않고 선택당한다는 거, 그거 하난 확실해.

그때 야똘의 대답을, 수십 년이 훌쩍 지난 지금, 화를 내거나 주먹을 쥐는 대신 쿨럭쿨럭 피를 토하며 원도가 따라 한다. 그것까진 몰라. 그거 하난 확실해. 선택하는지 선

126

택당하는지 그것까진 모르겠고, 모른다는 것 하나만은 확실해. 비슷하지만 전혀 다른 의미를 담아 따라 한다. 아니 나는 아무 생각 없이 한 말이야. 신경 쓰지 마 원도가 말했을 때 그녀는 화난 표정으로 대꾸했다. 생각 없이 말할 순 없어. 모든 말엔 다 의미가 있어. 아. 그래. 맙소사. 젠장. 씨발. 이런 외마디에도 다 의미가 있어. 없을 수가 없어. 여기에, 그녀는 자기 머리를 가리키며 또박또박 말했다, 여기에 있지도 않은 그것을 소리로 뱉을 수는 없어. 모든 일엔 순서가 있어. 의미가 있어. 생각을 하고, 그리고 말을 하는 거야.

모든 일엔 순서가 있다. 의미가 있다.

원도는 십오 년 전 그녀의 말을 따라 한다. 순서와 의미를 알아내기 위해 원도는 발끝까지 쳐들어온 죽음을 꾸깃꾸깃 몸을 구겨가며 피하는 **피할 수 없다** 중이다. 순서만 안다면 **그것은 너의 일이 아니다** 구겨진 몸을 빳빳하게 펴고 판을 뒤엎어 모든 것을 원점으로 되돌릴 수 있다고, 새 인생을 살 수 있다고 믿어야만 하는 원도.

그렇게 살아. 그렇게만 살아. 그래야 당신답지. 그게 바로 당신이지.

그녀의 마지막 말이다. 저주를 내리듯 중얼거리던 마지막 구멍이다.

○

　"그렇게"가 무슨 뜻이냐고 물어보지 못했다. 그녀가 생
각하는 원도는 '그렇게 사는' 사람이었다. 뜻은 알아들을
수 없었으나 그 말이 저주와 원망의 옷을 입었다는 것만은
똑똑히 알 수 있었다. 자존심 상하고 화가 나고 겁이 나고
부끄러웠다. 무엇보다 억울했다. 형편없이 엉켜버린 감정
을 감추려고 원도는 입술을 바들바들 떨면서도 애써 태연
한 척했다. 대담한 척했다. 그때 물어봤다면, '당신답다'라
는 게 무슨 뜻인지 그 대답을 똑똑히 들었다면, 모든 것을
무릅쓰고 그녀를 붙잡았다면, 그랬다면 파산하지 않을 수
있었을까? 아내와 결혼하지 않아도 되었을까? 사람을 차도
로 밀어버리고 죽었는지 살았는지 돌아보지도 못한 채 겁
에 질려 도망치는 일 따위 없었을까? 울고 싶다. 하지만 아
무도 없는 곳에서 혼자 울고 싶진 않다. 열여섯 살, 학교를
마치고 집에 가던 길이었다. 장민석과 어머니의 무언의 세
레나데를 훔쳐보던 그 골목에서 세 살배기 아이가 넘어졌
다. 넘어지면서 담벼락에 머리를 박았다. 아이가 주변을 둘
러보며 슬금슬금 울기 시작했다. 엄마를 부르는 것이라고

원도는 생각했다. 엄마가 나타나자 울음소리가 갑자기 커졌다. 엄마가 아이를 품에 꼭 안았다. 엄마 품에 안긴 채 아이는 서럽게 울었다. 과시하듯 울었다. 원도는 걸음을 멈추고 벽에 기대선 채 아이를 봤다. 엄마는 괜찮아 괜찮아 말하며 아이 머리를 만져주었고, 그럴수록 아이는 더 크게 울었고, 엄마는 아이를 더 꼭 껴안았다. 내게도 저런 시절이 있었다. 내 잘못으로 다쳐도 울기만 하면 엄마가 나타나 괜찮다고 다독이며 꼭 안아주던 시절이 분명 있었을 것이다. 분명 있었을 테지만 기억에 없다. 그 대신 이런 기억이 있다.

네 잘못이잖아. 울지 마.

언제부터인가 어머니는 상처의 잘잘못을 따지기 시작했다. 원도가 말을 다 알아듣고 제 뜻을 말로 표현하면서부터인 것도 같고, 그래서 기억이란 것을 언어로 바꾸게 된 그 시점…… 아니, 어쩌면 산 아버지가 나타나면서부터인지도 모른다. 상처의 원인이 원도일 때 어머니는 엄한 목소리로 원도의 잘못을 지적했고, 네 잘못이니 울면 안 된다고 말했다. 그럴 수 있다. 잘잘못을 따지는 것은 중요하다. 그렇다고 울지도 못하나? 내 잘못인 줄 알고 누구도 탓할 수 없다는 것을 알지만 그걸 안다고 해서 울어선 안 되나? 우는 것 말고 무엇을 할 수 있지? 내가 잘못했고, 내가 다쳐서 아픈데, 누구를 이해하며 누구에게 사과하고 용서를 구하지? 용서는 어머니의 말이다. 원도는 자주 울고 싶었다. 과시하듯 울고 싶었다. 하지만 그럴 수 없었다. 우는 건 어머니 하나로 족했다. 어머니가 소리 없이 울 때마다 원도는 어머니 흉내를 내며 잘잘못을 엄격히 따진 뒤, 그러니 울지 마요 엄마라고 말하고 싶진 않았고, 어머니를 꼭 껴안고 괜찮아 괜찮아 위로하고 싶지도 않았고, 그저 무서웠다. 사라지고 싶었다. 모두 자기 탓인 것 같았다. 우는 어머니와 용서하라고 말하는 어머니는 같은 사람이었다. 울면서 말하는 용서를 원도는 신뢰할 수 없었다. 용서한다면 웃어야 했다. 우렁차게 웃든, 실실 쪼개든, 체념하듯 웃든, 아니 최소한 울지는 말아야 했다. 용서란 대체 뭔가. 있는 것을 덮어버린다고 없는 것이 되는가. 분명 있다. 빤히 있는 그것을 없는 것으로 만들기 위해 서로 침묵하자고 약속하는 것이 용서일까. 그게 가능한가. 담벼락에 기대선 채 침을 뱉으며 열여섯 살 원도는 조각난 어머니의 말과 행동을 생각했다. 어떻게 하면 저 아이처럼 과시하듯 울 수 있을까. 말을 배우기 이전으로 돌아간다면, 매일매일 넘어지고 머리를 찧고 손가락을 다치고 혀를 깨물고 뜨거운 것을 만져 온몸에 상처를 낸 뒤 과시하듯 울어서 어머니가 한시도 곁을 떠나지 못하게 하리라고 생각했다. 그것은 복수에 가까운 열망이었다. 열여섯 살로서 비난받지 않고 살아가기에는, 해야하는 것이, 아니 잘해야 하는 것이 너무 많았다. 한번 말하면 알아들어야지. 왜 말귀를 못 알아듣니. 선생들의 말이다. 말귀를 못 알아듣긴 선생들도 마찬가지였다. 원도는 종종 숙제를 하지 않았다. 하기 싫어서 안 했다기보다는, 숙제가 있다는 것을 기억하지 못해서, 혹은 숙제보다 더 하고 싶은 것을 하느라 못 했다. 선생들이 왜 숙제를 하지 않았느냐고 물으면 원도는 사실대로 말했다. 까먹었어요. 시간이 없어서요. 원도의 말을 듣고도 선생들은 원도를 때렸다. 모르면, 없으면, 못 할 수밖에 없다. 당연하지 않은가. 그 당연함에 비해 숙제를 해야 한다는 약속은 그다지 당연하지 않았다. 더군다나 원도는 그런 약속을 한 적조차 없었다. 선생 혼자만의 약속이었다. 원도의 의사와 상관없는 명령. 학교에 다니려면 내키지 않는 명령이라도 따라야 하는데 원도는 학교에 다니는 것을 선택한 적이 없었다. 다녀야만 했다. 시험 점수가 형편없을 때도 마찬가지였다. 실수로 틀린 것은 거의 없었고 대부분 몰라서 틀렸다. 모르는 문제여서 못 풀었다고 말한 뒤 원도는 맞았다. 모르는 문제를 못 푸는 것은 당연하고, 못 풀어서 낮은 점수를 받는 것 역시 당연했다. 그런데도 선생들은 원도의 말을 못 알아들었다. 알아들으려고 노력하지도 않았다. 모르는 것을, 없는 것을 왜 모르냐고, 왜 없냐고 따졌다. 애당초 이유는 왜 물어보나 싶었다. 그것은 산 아버지 방식이다. 이해한다고, 이해하라고 말하는 산 아버지. 산 아버지는 범죄자를 이해해야만 그들을 잡을 수 있었고, 이해와 상관없이 잡아야만 했다. 이해해도 미워하고, 이해해도 처벌하고, 이해해도 죽인다. 이해란 대체 무슨 소용인가. 이해란 기획 부동산 투자 사무실에서 듣는, 사장님여기근처에부촌마을이형성되지않겠습니까지금싼값에사두시면개발가능성이높아투자대비수익률이엄청납니다가만히앉아서돈을쓸어담는겁니다시간이알아서돈을뺑튀겨준다이겁니다어이구바쁘실텐데동사무소까지가실필요없습니다뭐하러시간을낭비하십니까제가다확인해본바입니다정못믿으시겠으면직접확인해보십시오단그런식으로정보가새나간다는걸꼭염두에두셔야합니다아시잖습니까이거다정보와타이밍싸움아닙니까와 같은 말이다. 그럴듯한 사기다. 필요한 것은 이해가 아니라, 용서가 아니라 당신이 무엇을 원하는가뿐이다. 어머니가 원하는 것. 산 아버지가 원하는 것. 이해와 용서라는 말에 가려진 그것. 목적어를 숨긴 그것을 짐작할 수 없어서 원도는 공부도 운동

도 잘해야 했고 말도 잘 들어야 했고 불평불만은 하지 말아
야 했고 눈치도 빨라야 했고 예의도 발라야 했고 건강해야
했고 성숙하고 의젓해야 했으며 반찬 투정도 하지 말아야
했고 누구와도 싸우지 말아야 했고 잘 놀아야 했다. 그 모
든 것을 해냈다면 만족했을까? 그들이 무엇을 원하는지 알
순 없었지만 성적이나 운동이나 건강이나 성숙과는 차원이
다른 무언가를 원한다는 것만은 확신할 수 있었다. '계륵'
이란 단어를 배웠을 때 원도는 자기가 바로 계륵이라고, 계
륵이란 단어와 꼭 들어맞진 않지만 어느 정도 비슷하다고,
아들이나 자식이라는 단어보다, 원도라는 이름보다 계륵이
자기와 훨씬 가까운 단어라고 생각했다.

그다지 큰 소용은 없으나 버리기는 아깝다.

약간 바꾸자면

그다지 큰 소용은 없으나 버릴 수도 없다.

원도는 자신이 바로 그런 존재라고 생각했다. 어쩌다
보니 태어났다. 반드시 나여야만 하는 경우는 없다. 그즈음
원도는 죽고 싶다는 생각을 자주 했다. 죽어 사라진다는 것
은, 확실히, 성적이나 운동이나 건강이나 성숙과는 차원이
다른 열망이었다. 어머니와 산 아버지가 원하기 때문에 나
도 그것을 원한다는 것을 어렴풋이 깨달아가던 나이 열여

섯 살. 더 어릴 때 장래 희망은 번개 아톰이었다. 번개 아톰
을 알아야 동네 아이들과 놀 수 있었다. 그다음 장래 희망
은 경찰이었다. 어른들이 왜냐고 물어보면

　　나쁜 놈을 잡잖아요.

　　하고 대답했다. 산 아버지처럼 되고 싶다고 대답하진
않았다. 좀 더 커서는 판사가 되고 싶었다. 이유를 물어보면

　　나쁜 놈에게 벌을 주잖아요.

　　하고 대답했다. 판사가 경찰보다 더 상급이기 때문이라
고 대답하진 않았다. 그런 대답은 원도의 마음에 없었지만
판사가 경찰보다 더 상급이라는 것을 모르진 않았다. 판사
가 되고 싶다는 말에 어른들은 살짝 웃으며

　　공부 열심히 해야겠네.

　　하고 대꾸했다. 어머니와 산 아버지는 웃지도 대꾸하지
도 않았다. 그랬다고 원도는 기억한다. 꿈은 거듭 바뀌었다.
신부님이 될 거예요. 선생님이요. 파일럿이요. 박사님이요.
회장님이요. 대통령이 될 거예요. 어른들의 반응은 한결같
았다.

　　공부 열심히 해야겠네.

　　열여섯 살의 원도는 아무것도 되고 싶지 않았다. 굳이
무엇이 되어야 한다면 세 살이 되고 싶었다. 세 살의 어느

날에서 멈추고 싶었다. 기억에 없는 그 시점. 까마득하기에 더 간절한 그 시절로 돌아가고 싶다고 엄마 품에 안겨 과시하듯 우는 아이를 바라보며 원도는 생각했다. 아무것도 되고 싶지 않았던 이유는 죽고 싶어서였다. 꿈꿔봤자 소용없다고 생각해서였다. 공부 열심히 해야겠네 때문이었다. 아니, 열심히 해도 도무지 알 수 없는 선분 AB와 선분 DE와 각 BCD 때문이었다. 피타고라스 때문이었다. 이차식 인수분해, 모든 X 때문이었다. a+1 때문이었다. 빌어먹을 이차방정식, 외우긴 외우나 그저 외울 뿐 어디에 어떻게 써먹어야 하는지 도대체 알 수 없는 근의 공식, 루트를 씌우느냐 벗기느냐 때문이었다. to부정사와 수동태, have+p.p 때문이었다. 모호한 과거와 떠오르지 않는 대과거, 이해할 수 없는 현재진행형과 터무니없는 미래진행형 때문이었다. 명칭부터 어려운 소유격 관계대명사와 가정법, 사역동사+사람 목적어+동사 원형 때문이었다. 아니, 끝없이 이어진 알파벳과 숫자의 미로에서 말도 안 되는 것을 말도 안 되게 이해하며 지름길을 잘도 찾아가는 잘난 놈들 때문이었다. 그들의 확신 때문이었다. 싸움 잘하는 놈들, 언제나 이기는 놈들, 소실점 없는 토너먼트, 눈 한 번 부라리면 눈앞에 원하는 것이 툭 하고 떨어지는 센 놈들, 그놈들을 따르고 인정하는 다른 놈들 때문이었다.

어, 이 새끼 우네?

열여덟 살 무렵, 원도를 머슴처럼 부리면서 가끔 패던 놈의 말이다. 야똘이 병원에 갇힌 후 원도는 야똘을 패던 놈들의 부하가 되었다. 의도한 바는 아니겠지만 야똘의 괴상망측한 행동은 힘센 놈들의 관심을 한곳으로 모았고, 덕분에 힘없는 여러 명을 구원했다고 볼 수 있었다. 야똘이 사라진 후에야 그 사실을 절감한 놈들이 꽤 있었는데 그중에는 야똘을 병원에 가둬야 한다고 주장하던 놈도 있었다. 힘센 놈들은 부탁인 척 심부름을 시키고 빌리는 척 물건을 빼앗고 장난인 척 때렸다. 그들은 그 선을 섬세하게 지켜냈다. 무시하고 넘어가기도, 정색하고 덤벼들기도, 누군가에게 폭로하기도 애매한 선이었다. 선을 지키면서도 교묘히 빼앗고 잠식하고 해하는 것은 장민석이다. 장민석이란 단어다. 그들의 손찌검이 하짓날 기나긴 태양빛처럼 지속되던 날이었다. 뒤통수나 뺨이나 복부 혹은 급소를 툭툭 치면서 상스러운 욕설과 천박한 농담을 지껄이는 것 외에는 달리 할 일이 없다는 듯 그들은 집요하게 원도를 물고 늘어졌다. 압도적인 무더위. 무자비한 태양. 고장 난 알람 시계처럼 그치지 않는 매미의 구애 소리. 감정을 집어삼키고 세상을 하나로 통일해버리는 참혹한 초록빛. 물먹은 대걸레 같은 몸뚱이. 짜증과 불쾌함으로 속을 가득 채운 그들의 권태는 원도의 분노를 기다리고 있었다. 원도가 분노하는 순간 그들도 대놓고 분노할 수 있었다. 원도를 제대로 팰 수 있었다. 그 빌미를 잡기 위해 집요하게 원도를 궁지에 몰아넣었는데, 그들의 기대를 저버리고 원도는 질금질금 울었다. 식은땀 흘리듯 조용히 무표정하게 울었다. 야, 이 새끼 우냐? 야, 이 새끼 우는데? 원도의 귀를 잡아당기던 놈이 실실 쪼개며 비아냥거렸다. 존나 웃긴 새끼네. 야, 미쳤냐? 울어? 왜? 대체 왜 우는데? 원도는 대꾸 없이 눈물을 슥 닦았다. 단물 빠진 껌을 씹듯 자근자근 행해지던 폭력이 그 순간을 기점으로 난폭해졌다. 분노해도 참아도 이해해도 울어도 그 끝은 피할 수 없는 구타였다. 원도는 결말을 바꿀 기발한 방법을 알지 못했다. 참아라. 견뎌라. 믿어라. 이해해라. 용서해라. 오래되었으나 새것처럼 반짝이는 말들이 귓가에서 왕왕 울렸다. 잘못이 있다면 따귀가, 뒤통수가, 급소가 있는 존재로 태어났다는 것뿐이었다. 그렇지만 이들은 내가 죽어 사라지길 바라지는 않을 것이라고, 그렇다고 내가 계속 살아 있기를 바라지도 않을 것이라고, 죽거나 살거나 상관없이 자기보다 약한 무언가를 원할 뿐이라고, 이들에게조차 반드시 나여야 할 필요는 없다고 원도는 생각했다. 죽고 싶었고, 죽고 싶지 않았다. 그렇게 일 년 반을 보내고 고3 여름, 원도는 엉겁결에 놈들 중 한 명과 싸웠고, 어이없지만 이겼다. 쉽게 이겨버렸다. 일 년 넘는 시간을 흠씬 당하며 지냈는데 졸업을 불과 반년 앞두고 자기가 더 세다는 것을 알았다. 슬슬 졸업 후 진로를 걱정할 시기였다. 허세 부리며 주먹질하는 것도 시들시들해진 때. 교복만 벗으면 어른과 다를 바 없던, 싸움질 따위 2학년 후배한테나 넘겨줘야 할 그런 때였다. 억울하고 분했다.

이등병 때였다. 한없이 가벼운 눈발이 하늘로 솟구치듯 흩뿌리던 밤이었다. 같이 보초를 서던 선임이 불쑥 말했다. 여자 친구 없댔지? 새끼, 속 하난 편하겠다. 한탄하듯 말끝을 늘어뜨리던 선임은 잠시 망설이다 다시 입을 열었다. 너 그런 거 아냐. 가슴 꾹 누르면 소리 나는 인형. 본 적 있냐? 넵. 봤습니다. 눌러봤냐? 넵. 눌러봤습니다. 뭐라고 하디? 그 가슴이. 원도는 입을 벌렸으나 대답하진 못했다. 허연 입김이 유령처럼 터져 나왔다. 말해봐, 인마. 뭐라고 하디? 아…… 알……. 선임이 머뭇거리는 원도의 뒤통수를 툭 쳤다. 새끼, 제대로 안 해? 아…… 알…… 라. 선임이 원도의 가슴팍을 후려치며 윽박질렀다. 처음부터, 큰 소리로, 끝까지 말한다, 실시.

알라뷰지 말입니다!

뭐?

알라뷰! 알라뷰!

더 크게!

알라뷰! 알라뷰! 알라뷰!

선임이 언 바닥에 맑은 콧물을 뿜으며 말했다.

휴가 때 말이야. 여자 친구 집에 갔었는데, 내가 걔를 침대 위에 팍 쓰러뜨리면서 즐거운 시간을 보내려고 하는데, 아 씨발, 그 소리가 나오는 거야. 내가 그거 듣고 확 깨서, 이거 뭐냐고, 이거 뭔 소리냐고 그러니까 걔가 팔꿈치에 깔린 요상한 인형 가슴팍을 꾹 누르는 거야.

선임이 땅바닥에 침을 뱉으며 말을 이었다.

그걸, 친구가 사줬겠냐?

선임이 원하는 대답을 알 수 없어 원도는 긍정도 부정도 하지 않았다.

근데 어떤 자식이 사줬냐고 못 묻겠는 거야. 안 그러냐? 솔직히, 걔가 솔직히 말할 리도 없고, 솔직히 말한다고 내가 믿을 것 같지도 않고, 솔직히, 걔가 솔직히 말할까 봐 더 겁나기도 하고. 야, 솔직한 게 뭐냐? 걔가 무슨 말을 해도 못 믿겠는데 솔직한 게 무슨 소용이냐 이거야. 땡큐 땡큐도 있고, 미슈 미슈도 있고, 뭐, 또 뭐가 있냐, 그래, 헬로 헬로 굿나잇 굿나잇도 있는데 왜 하필이면 그딴 소리를 집어넣느냐 이거야. 그걸 만든 새끼들은 말이야. 뭣 때문에 그딴 걸 만들었겠냐?

원도는 그저 멍한 표정을 지었다.

무조건적으로다가 다들 그걸 원하거든. 근데 사람은 그렇게 말 안 해주거든. 무조건적으로다가 안 그러거든. 이유가 있어야 되거든. 뭐, 부모는 자식을 무조건 사랑한다고들 하지만 그거 다 구라고. 내가 뭐든 해야, 남들이랑 비교해봤을 때 내가 좀 더 나은 뭔가를 해야, 그래야 나를 인정하거든. 무조건적인 거, 그딴 거는 영화나 드라마에나 있는 거야. 실제로 없으니까 다들 상상해서 써먹는 거라고. 그래놓고 상상이랑 실제를 비교하면서 막 불행해하는 거라고. 안 그러냐? 그러니까, 여기 짱박혀 있는 나 같은 새끼랑 밖에서 보고 싶을 때마다 만나면서 그딴 인형 착착 사주는 새끼랑 비교가 되겠냐 이거야. 야, 며칠 전부터 걔가 내 전화를 통 안 받는다. 왜겠냐?

그날 이후 선임이 가슴팍을, 뒤통수를, 뺨을, 급소를 툭칠 때마다 원도는 인형처럼 알라뷰 알라뷰 큰 소리로 말해

야 했다. 잠을 자다가도 오줌을 누다가도 행군을 하다가도
밥을 먹다가도 선임의 손끝만 닿으면 알라뷰 알라뷰. 곰인
지 개인지 사람인지 알 수 없는 인형처럼 알라뷰 알라뷰.
은행에서 일할 때, 유리문을 밀고 들어오는 후줄근한 차림
의 선임을 알아보자마자 원도는 맞은편 자리로 선임을 안
내했다. 선임은 원도가 기지를 발휘하여 대출 한도를 최대
한 높여주길 바랐다. 선임의 말투가 약간 비굴해졌을 때, 원
도가 불쑥 말했다.

가슴을 누르면 소리 나는 인형 있잖습니까. 그걸 왜 만
들었는지 아십니까?

선임의 표정이 살짝 굳었다.

돈 벌려고 만들었겠죠. 안 그렇습니까?

선임이 고개를 조금 끄덕였다. 원도는 주문을 외우듯
빠른 속도로 말했다.

근데 왜 하필 알라뷰인 줄 아십니까? 모두들 그 말을
원하니까 그런 겁니다. 왜 그 말을 원하는 줄 아십니까?

선임이 입을 열기도 전에 원도가 말을 이었다.

다른 이유 없습니다. 돈이 되니까 그런 겁니다.

나직하게 이어지는 원도의 말을 듣던 선임이 불쾌한 표
정을 지었다. 개의치 않고 원도는 계속 말했다.

무조건적으로 돈이 되니까 그런 겁니다. 사랑 싫어하는 사람 없죠. 돈 싫어하는 사람도 없습니다. 모두 그것을 원합니다. 김태경 씨.

선임의 이름을 또박또박 불렀다.

여기를 누르면 무슨 말이 나오죠?

팔을 쭉 뻗어 선임의 가슴팍을 꾹 눌렀다. 뒤로 몸이 살짝 밀린 선임의 입가가 경직된 채 미세하게 떨렸다. 원도는 선임의 눈을 똑바로 쳐다보며 재차 물었다.

뭐랍디까? 그게.

망설이던 선임이 작은 소리로 웅얼거렸다. 원도가 얼굴을 선임 쪽으로 들이밀며 속삭였다.

안 들립니다.

……알라뷰.

끝입니까?

……알라뷰 알라뷰.

그렇죠. 그겁니다.

의자에 깊숙이 등을 기대며 원도는 만족스러운 미소를 지었다.

그게 바로 돈입니다. 김태경 씨. 얼마를 원하신다고요?

○

　돈과 사랑은 유사하다. 전염성이 강하고, 한번 빠져들
면 벗어나기 힘들고, 원하면 원할수록 증오가, 가지면 가질
수록 불안이 커진다. 의심과 합리화로 사람을 무장시키며,
몹시도 불평등하여 가진 자만이 더 많이 가질 수 있다. 일
단 소유하면, 이것이 전부는 아니라는, 이것 이상의 무언가
가 있으리라는 초조와 박탈감에 시달리고, 내 것이 아닌 때
에야 그 아쉬움을 비로소 절감하며, 대부분 내가 손해 보
는 것 같고, 남의 것을 탐하게 되고, 우연을 운명으로 바꾸
며, 부질없는 약속을 전제한다. 사람을 천국과 지옥으로 끌
어들인다는 점 역시 같다. 기만 없이 존재할 수 없으며 사
람을 죽일 수도, 살릴 수도 있다. 죽은 아버지는 왜 죽었을
까. 돈 때문에? 사랑 때문에? 돈과 사랑 때문에? 유경은 원
도에게 사랑한다는 말을 많이 했다. 유경이 말하는 사랑은
사랑 외에 너무 많은 의미를 담고 있었다. 그녀는 사랑이란
말을 꺼내지 않았다. 그 말 없이도 손잡고 입 맞추고 껴안
고 섹스하고 안부를 묻고 화를 내고 기대하고 웃고 울었다.
'이것이 사랑이다'라고 느껴지는 때가 없진 않았지만 사랑

한다고 말해버리면 그녀가 부정할까 봐, 비웃을까 봐, 혹은
달아날까 봐 원도 역시 그 말을 할 수 없었다. 그녀 역시 같
은 이유로 사랑한다는 말을 하지 않는 것은 아닐까 짐작하
면서도 정말로 사랑하지 않아서, 혹은 사랑은 아니지만 무
관심 또한 아니기에 불확실한 그 말을 굳이 꺼낼 필요를 못
느끼는 것 아닐까 짐작해보기도 했다. 불안했다. 사랑은, 돈
처럼 상대적인 것이다. 돈과 달리 교환 불가능한 것이다. 선
임이 여자 친구를 믿지 못했듯 원도 역시 그녀를 믿지 못했
다. 원도를 다른 사람에게 소개할 일이 있을 때 그녀는 원
도를 어떤 존재라고 규정 짓지 않았다. 원도의 이름만을 소
개했다. 친구라는 말에도 애인이라는 말에도 고개를 갸우
뚱했다. 원도가 그런 태도에 불만을 드러내자 그녀는 오묘
한 표정으로 대꾸했다. 그게 그렇게 중요해? 중요하다고,
원도는 생각했다. 인정이 필요했다. 타인 앞에서 원도와 그
녀가 연인 사이라는 것을 드러내야만, 누군가가 그것을 명
확히 알고 있어야만 그녀와 자신의 관계가 딱딱하게 굳을
것이라고 믿었다. 그래야 요구할 수 있었다. 너는 나의 연인
이므로 다른 사람을 사랑해선 안 된다고. 만약 다른 사람을
사랑한다면 틀림없는 배신이라고. 원도와 그녀의 관계는
물에 갠 시멘트처럼 묽었다. 묽은 그것을 연인이라는 틀에

부어 결코 변형되지 않는 것으로 만들고 싶었다. 그녀 역시
원도를 원한 순간이 있었을 것이다. 찰나였을 것이다. 당신
인 줄 알았는데 당신은 아닌 것 같다는 느낌. 원도도 아는
느낌이었다. 유경이 자신을 원한다는 확신이 들 때야 비로
소 느껴지던 그것. 거만의 갑옷을 입고 다가오는 감정이었
다. 너는 나를 확신하지만 나는 너를 확신할 수 없다는 거
만. 자신 있게 "그렇다"라고 말할 수 없는 신기루.

처음 그녀를 만났을 때, 유경과의 관계를 정리하지도
않은 채 그녀의 마음과 몸을 탐했던 그때, 두 사람은 허기
와 피곤을 견디며, 놀이터에 풀어놓은 어린아이처럼 지칠
줄 모르고, 조금만 더 조금만 더 보채면서, 한 번만 더 한 번
만 더 애원하면서, 서로의 혀를, 귀를, 살을, 눈과 손과 발가
락을, 뜨겁고 축축하고 끈적거리는 성기를 탐했다. 지루한
줄도 지겨운 줄도 몰랐다. 두 사람의 몸은, 탄식은, 움직임
은 매번 새로웠다. 말 따위 필요 없었다. 말하지 않아도 알
아서가 아니라 알지 못해도 상관없어서. 모르기에 오히려
경이로웠다. 서로에 대해 알아가는 과정 따위 원치 않았다.
지금, 여기, 이곳에 서로의 몸이 있으면 그것으로 충분했다.
상대가 만족하는가, 내가 만족하는가, 그런 관념과 사유가
들어설 자리는 없었다. 배고프면 밥 먹고 잠 오면 자는 것

처럼 두 사람의 섹스는 본능적이고 자연스러웠다. 보고 싶어서라기보다 섹스하려고 만나는 사이 같았다. 그래도 상관없었다. 그것이 사랑이었다. 주야장천 사랑한다는 말이나 뱉어내면서 너와 나의 마음을 저울질하는 데만 골몰하는 연애 따위 어린애 장난처럼 여겨졌다. 이것이 진짜라고, 원도는 생각했다. 이것이다. 바로 이것이다. 상대의 몸이 아니라면 무엇도 들어설 수 없는 것. 말이나 생각이나 감정보다 확연한 육체. 만질 수 있고 볼 수 있고 가질 수 있고 심지어 느껴지는 것. 짐승이어도 좋았다. 아니, 짐승이길 바랐다. 그녀의 몸에 수억 마리 정자를 해방시킬 때마다 욕이 절로 나왔다. 온갖 상스러운 말이 전혀 상스럽지 않게, 놀란 아이가 엄마를 부르듯 자연스럽게 튀어나왔다. 그때였다. 그녀 역시 원도를 원한다고 믿었던 찰나의 순간들. 더는 아무것도 바라지 않았고, 굳이 무언가를 바라야만 한다면, 죽을 때까지 고민하지도 눈치 보지도 싸우지도 울지도 웃지도 않고, 죽고 싶다는 생각도 없이, 오직 섹스만 하는 것이 소원이었던 그날들. 일주일 가까이 모텔에 처박힌 채 발가벗은 서로의 몸을 갖고 놀다가 돈이 다 떨어져 밖으로 나와야만 했던 11월의 어느 날. 나와 보니 모두 겨울옷을 입고 있었다. 원도와 그녀는 서로의 얇은 카디건과 셔츠를 보

며 실소를 터뜨렸다. 들어설 때는 분명 가을이었는데 나오
니 겨울이었다. 위도가 다른 낯선 땅에 떨어진 기분이었다.
이방인이 된 듯한 그 느낌이 좋아서 원도는 흥분했다. 당장
돈을 훔쳐서라도 둘만의 공간으로 다시 들어가고 싶었다.
그래도 될 것 같았다. 그것을 죄라고 말할 수는 없을 것 같
았다. 그녀를 만나기 전까지는 지루하고 시시한 인생이었
다. 그녀를 만나서, 아니 그녀와 섹스에 몰두하면서 고체가
단숨에 기체로 변하듯 삶의 성질이 완벽히 달라졌다. 아무
것도 두렵지 않았다. 질문 따위 생기지 않았다. 오직 이것.
바로 이것. 기억에 없는, 그때 그것을 되찾았다는 느낌. 그
순간 마음속 퍼즐이 새로 맞춰졌다. 세상이, 상식이, 법칙
이, 모든 것이 재정립되었다. 전혀 다른 존재가 되어버렸다.
사랑해. 원도가 말했다. 말하자마자 이건 아니라는 생각이
들었지만, 아니라는 것을 알면서도, 어긋나는 그 단어를 사
용할 수밖에 없었다. 걷던 그녀가 우뚝 멈췄다. 그녀의 표정
을 보며 원도는 자기도 모르는 사이 정말 강도 짓이라도 한
것만 같아 당황했다. 완성된 그림에 검은 물감을 쏟은 기분
이었다. 내가 원한 건 그런 게 아니야…… 중얼거리던 그녀
는 떠나려는 버스를 서둘러 잡아탔다. 새로 맞춰진 퍼즐이
뒤엎어졌다. 재정립된 사고가 다시 재정립되었다. 찬 바람

이 부는 길 한가운데 홀로 선 원도의 표정이 망연했다. 무참했다. 유령과 섹스한, 유령에 만족한, 유령을 사랑한 그런 기분이었다. 이후 원도와 그녀 사이에 말이 끼어들었다. 말이 뿌린 씨가 오해와 착각과 불신을 싹틔웠다. 무럭무럭 자라는 말이 두 사람을 점점 멀어지게 했다. 무성한 잎에 가려진 그녀를 제대로 보기 위해, 그녀를 확신하기 위해 원도는 닥치는 대로 지껄이고 요구하고 집착했다. 그럴수록 상처 받았다. 가시 돋친 줄기와 잎이 원도를 휘감고 해쳤다. 울고 싶을 때마다 원도는 화를 냈다. 소리 지르고 욕했다. 섹스 중 내뱉던 것과 같은 소리지만 전혀 다른 의미의 욕. 반복되는 후회와 분노. 당신은 나에게 무엇을 바라는가. 나는 당신에게 무엇인가. 다시 시작된 질문. 나는 왜 죽지 않았는가.

○

　아무리 탕진해도 넘쳐나는 생. 바닥없는 기억. 전체가
그림자인 검은 방에 내던져진 원도. 내내 떤다. 고독하게 떤
다. 고독하게 떨며 그리워한다. 그리워하며 원망한다. 그날
그 밤 아프도록 환했던 당신의 웃음을. 이건 게임이다. 전
재산을 건 게임이다. 손모가지가 아니라 당신의 심장, 뇌,
당신의 전 생애를 몽땅 걸어야 하는 게임이다. 한 번 더 말
한다. 나는 당신의 심장을 원한다. 그리고, 그것을 책임지
지 않을 것이다. 쥐어보고 당장 버릴 것이다. 징그러워. 징
그러우니까. 쥐어봐야 알지. 내가 원한 것은 그것이 아니란
것을. 여기 구멍이 있다. 나는 이것에 남은 생을 걸 것이다.
이제 내가 묻는다. 간절하게 묻는다. 당신은 무엇을 원하는
가?

○

　문이 벌컥 열린다. 불이 켜진다. 여관 주인의 두 눈이
동그랗게 벌어진다. 커튼 봉에 바지로 만든 고리가 걸려 있
고, 작은 탁자 위에 올라선 원도가 손을 뻗어 그것을 붙잡
고 있다. 방 안으로 뛰어 들어온 주인이 원도의 손에서 낡
은 바지를 낚아챈다. 휘청거리며 바닥으로 넘어지는 원도.
머리통을 갈기며 창문 쪽으로 원도를 밀어붙인 주인이 원
도의 마른 몸을 사정없이 때린다. 원도는 반항하지도 대들
지도 않고 벌벌 떤다. 이럴 줄 알았어! 안 된다고 했지! 내
가 안 된다고 했지! 단단히 매듭지어진 바지를 풀어 바닥에
내팽개치며 주인이 사납게 울부짖는다.
　여기서 이러면 안 된다고 했잖아! 그렇게 죽고 싶으면
아무도 없는 허허벌판에서나 죽어! 남 밥 벌어먹는 데서 이
게, 이게 무슨 짓이야!
　바닥에 너부러진 원도가 두 손으로 귀를 틀어막는다.
　나가! 당장 나가! 죽으려면 나가서 죽어! 죽고 싶으면
딴 데 가서 죽어!
　원도의 머리채를 잡아끌던 주인이 제 분을 이기지 못하

고 바닥에 주저앉는다. 까뒤집힌 바지에 덜덜 떨리는 다리를 집어넣으려 버르적거리는 원도. 죽으려면 나가 죽어! 아무도 없는 데서 혼자 죽어! 혼자서 곱게 죽어! 주인은 주저앉은 채 원도의 몸을 거듭 떠민다. 바지를 겨우 입은 원도가 쫓기듯 문밖으로 나간다. 문지방을 사이에 두고 원도와 주인의 눈이 잠시 마주친다. 정적과 표정만 살아 있는 공간.

참담한 표정의 원도가 입을 벌려 말한다.

○

　내가 왜 귀를 안 뚫었는지 알아? 세상엔 예쁜 귀걸이가 너무 많거든. 가지고 가져도 끝이 없어. 갖기 전엔 보석인데 갖고 나면 다 쓰레기야. 맘 같아선 손가락도 죄다 자르고 팔도 목도 댕강 잘라버리고 싶어.

　그녀의 말이다. 그녀가 말하는 사랑이다. 사랑은 병이다. 문학적 수사나 낭만적 비유가 아니다. 사랑에 빠지면 몸과 정신에 이상이 생긴다. 없던 것이 생긴다. 혹은 잠복해 있던 것이 드러난다. 침투하고 분열하고 증식한다. 증식하기 위해 무언가를 끊임없이 잡아먹는다. 착각. 오해. 욕심. 집착. 기만. 상상. 기억. 기대. 실망. 허상. 환상. 잡아먹을 것은 많다. 타인은 나를 풍요롭게 하는 만큼 해친다. 해칠 수밖에 없다. 내가 아닌, 나와는 다른, 완벽히 다른 이물질이 몸과 정신에 들어와 나를 뒤흔들고 흩뜨린다. 끊임없이 충돌하고 격렬하게 반응한다. 조각나고 합쳐지고 작용하여 전혀 다른 것들이 새로 생긴다. 결국 내 안의 모든 조각과 요소가 재배치되는데, 그래서 이전의 나와는 전혀 다른 내가 되고야 마는데 그것을 두고 사람들은 "너를 만나기 전엔 몰랐던 내 모습"이라고 말한다. 당연하다. 모를 수밖에 없다. 있던 내가 아니라 새로운 나니까. 사랑이 시작되는 순간 육체와 정신은 살짝 미치면서 강해진다. 싸우려는 것이다. 내 안에 침투한 그것, 나를 해치려는 병균, 흔히들 사랑이라고, 당신이라고 부르는 그것과. 사랑에 빠져 하는 모든 말과 행동은 증상이다. 바이러스에 감염되어 고열, 두통, 근육통에 시달리는 것과 같은 이치다. 타인을 받아들이지 않고 사랑할 수는 없다. 때로는 그것에 완벽하게 삼켜지길 바라는데, 결국 완전히 삼켜지지 못하고 팔이나 다리나 머리통만 씹힌 채 뱉어지고 만다. 불구가 되어 다시 나를 삼켜줄 또 다른 괴물의 입 주변을 기웃거린다. 끔찍한 것은, 잘근잘근 씹혀 너덜거리는 몸이 아니라, 알고도 기웃거리는 미련함이다. 위험한 장난에 정신을 뺏기는 아이 같은 욕망이다. 기대와 희망을 먹고 무럭무럭 자라는 고통과 불안이다. 아니다. 이 모든 것은 사랑이 아니다. 사랑은 설명도 정의도 비유도 아니다. 그냥 하는 것이다. 아니다. 그것은 없다. 없는 것을 할 수 없다. 엄마, 나도 알아요. 다 알면서 하는 거예요. 뜨거운 줄 알면서도 만지고, 위험한 줄 알면서도 올라가고, 다칠 줄 알면서도 잡는 거예요. 몰라서가 아니에요. 호기심은 아예 모르는 것에 대한 마음이 아니에요. 아주

약간 아는 것. 희미하게 아는 것. 어렴풋이 알겠는데 확신할
수 없는 것. 그래서 한 번, 딱 한 번만 더 보고 듣고 만져보
고 싶은 것. 그러면 정말 제대로 알 것만 같아서, 어리석은
줄 알면서도, 더는 어리석지 않으려고 그러는 거예요. 아예
모르는 건 없는 것과 같아요. 없는 것을 궁금해할 순 없어
요. 알 듯 모를 듯, 언젠가 봤고 겪었고 느꼈어요. 언젠가 쥐
었고, 가졌어요. 그걸 누가 줬겠어요. 누가 내게 그것을 알
도록 했겠습니까. 알게 하고, 기억에는 없지만 분명 있던 그
것을 뺏었겠습니까. 불가능한 만족을 깊이깊이 심고, 돌이
킬 수 없는 그것을 끊임없이 요구하도록, 이렇게, 비슷한 함
정에 계속 빠지고야 마는 멍청이로 만들었겠습니까.

　돌려주세요.

　내게서 뺏어 간 그것.

　당신이지만 나이기도 했던 그것.

　날 살게 하고 혼자이게 한 그것을.

○

돌려줘.

돈.

내 돈.

○

　바람에 맞서 비틀거리며 겨울 밤거리를 걷는 원도. 주머니엔 주인에게 돌려받은 지폐 몇 장이 들어 있다. 돈을 주며 주인은 단호하게 충고했다.

　아저씨, 살아.

　잠시 머뭇거리다가 원도가 주지 않은 돈까지 꺼내 주며 덧붙였다.

　이걸로 국밥이라도 사 먹어. 먹으면서 다시 생각해봐. 아니, 생각하지 마. 그냥 먹어. 먹으면서 이 밤만 버텨. 생각하면 안 돼.

　그곳에 있고 싶었다. 머물고 싶었다. 하얀 형광등이 빛나는 고요한 그곳에서, 창과 창이 가까운 그곳에서, 버틴다면, 그곳에서 버티고 싶었다. 하지만 주인은 원하지 않았다. 주인이 원한 것은 원도가 사는 것도, 먹는 것도, 버티는 것도, 생각하지 않는 것도 아니고 다만 그곳에서, 자신의 영업장인 그곳에서 꺼져주는 것이었다. 말은 말일 뿐이다. 말은 진심을 가리거나 오염시킨다. 뱉으면 사라지고, 하물며 우주의 먼지조차 되지 못한다. 돌덩이처럼 얼어버린 눈을 밟

고 휘청거리던 원도가 야윈 가로수를 겨우 잡는다. 피를 토
한다. 언 바닥이 잠시 녹다가 금세 식어 다시 언다. 술이 필
요하다. 술을 마시면 미룰 수 있을 것이다. 미루고 미루다
죽지 않을 수도 있다. 그런 식으로 제법 오랜 시간을 견뎌
왔다. 돈이 있을 때 얘기다. 돈이 문제다. 한결같이 그랬다.
그렇지 않은 사람도 있을 것이다. 물론이다. 하지만 나는 그
런 인간이라고, 원도는 생각한다. 결핍을 아랑곳 않고, 혹은
결핍 때문에 더 많은 노력을 했고 결국 성공했는데, 성공과
더불어 훌륭한 인격도 가질 수 있었다는 사람들 이야기는
특별하다. 특별하므로 책이 되고 영상이 된다. 원도는 흔한
인간이다. 공장에서 찍어내는 상품 포장지 같은 인간이다.
돈은 아이를 어른으로 만든다. 돈을 벌어 스스로를 먹여 살
릴 수 있어야 어른이라고 원도는 생각한다. 그렇다면 원도
는 서른 살에야 어른이 되었다. 서른 살 이전에도 드문드문
돈을 벌었지만 그 돈으로 저축을 하진 않았다. 원도가 생각
을 뒤집는다. 돈을 벌고, 그 돈을 모을 수 있어야 어른이다.
아니다. 돈을 벌고, 돈을 모으고, 모은 돈으로 집을 사야 어
른이다. 아니다. 돈을 벌고 집을 사고 결혼을 하고 쫄딱 망
하고 혼자가 되어야 어른이다. 자신의 말과 행동에 책임질
줄 아는 인간이 어른이라면

울지 마, 네 잘못이잖아.

라는 말을 처음 들었던 그날이나,

몇 대 맞을래.

라는 말을 처음 들었던 예닐곱 살 무렵부터 이미 어른이었다. 태어나는 순간부터 갖가지 질병을 앓으며 면역력을 키웠다. 보드라운 살을 뚫고 이가 튀어나오고, 그 이가 절로 뽑히고 또 솟아오르고, 뼈가 자라는 속도로 살이 자라고 혈관이 부풀고 피가 돌았다. 부러지고 다치고 벗겨지고 거칠어지고 망가지고 회복하며 몸을 키웠다. 그렇게 어른이 되었다. 몸은 오래전에 다 컸다. 남은 것은 파괴와 소멸뿐이다. 어린 시절, 원도는 어른이 되고 싶다는 생각 따위 하지 않았다. 어른이 되고 싶다거나 어른이 되고 싶지 않다기보다 어른이든 아이든 상관없다고 생각했다.

옆에 없는 장민석과 끊임없이 경쟁하던 고등학생 때였다. 교복을 입고 집을 나와 학교로 가지 않았다. 걷고 걷다가 다시 집으로 돌아가 옷을 갈아입고 안방 서랍장을 뒤져 금목걸이를 찾아냈다. 그것을 들고 큰 도시로 나가는 고속버스를 탔다. 버스의 종착지에 내려 무작정 걸었다. 마침내 배가 고팠다. 금은방에 들어가 금목걸이를 팔았다. 그 돈으로 밥을 사 먹었다. 돈을 갖게 되니 막막한 불안은 사라지고 그것을 빼앗길지도 모른다는 불안이 새로 생겼다. 일부러 사람 많은 곳만 골라 다녔다. 밤이면 독서실에서 잠을 자고 낮에는 오락실에 처박혀 있거나 시내를 떠돌았다. 한적한 산이나 바다로 갈까 생각도 했다. 가출했으니 왠지 바다를 하염없이 바라보며 고민과 고뇌의 미로에 빠져야만 할 것 같았다. 술도 마시고 담배도 피우면서 자신에게 닥친 각종 불행과 재앙을 향해 고래고래 고함을 질러대야 할 것 같았다. 아니라면 불량한 애들과 어울리며 도둑질이나 싸움질을 해야 할 것 같았다. 그러다 엄청난 사건에 휘말려 몸과 마음을 다치고 도망치고 사랑에 빠지고, 마침내 영웅이 되거나 깡패가 되어야 할 것 같았다. 혹은 죽도록 얻어터지고 빈털터리가 되어 결국 집으로 돌아가야만 할 것 같았다. 성한 몸이 아니라 반드시 상한 몸과 마음으로. 다들 그런다고 하니 그래야만 할 것 같았고, 그렇게 하지 않으면 가출했다고 말할 수 없을 것 같았지만 원도는 자신에게 닥친 불행이 무엇인지 몰랐다. 불행하다고 말하기에는 뭔가 부족했다. 그렇다고 행복하다고 말할 수도 없었다. 모두가 인정할 만큼 불행하지 않아서 불행하다고 말할 수 없는 것, 그런데도 거추장스러운 불행이 미세하게 느껴져 끊임없이 불안하다는 것이 불행이라면 불행이었다. 결국 원도는 아무것도 하지 않았다. 무리 지어 있는 또래는 무조건 피해 다녔고 위험한 밤과 새벽에는 독서실에만 있었다. 가출하면 응당 해야 하는 일이라고 믿었던 것들을 외면하자 마음이 한결 고요해졌다. 돈은 있고, 해야만 하는 일은 없었다. 대낮에는 오락실에 앉아 게임의 끝판을 깨면서 시간을 보냈다. 밤이면 독서실에 앉아 집으로 돌아갈 것인가 말 것인가, 돌아가지 않는다면 길거리 생활을 언제까지 할 것인가, 돈이 다 떨어지면 어디서 어떻게 돈을 구할 것인가에 대한 고민이 아니라, 산 아버지를 생각했다. 산 아버지는 원도를 감옥에 처넣을 수도 있었다. 합리적으로 충분히 그럴 수 있는 사람이다. 산 아버지는 가출한 아들을 찾지 않을 수도 있었다. 아들이 집을 나갔다는 것에 만족할 수도 있었다. 하지만 금목걸이를 찾기 위해 원도를 찾을 수는 있었다. 금목걸이를 찾기 위해 원도를 찾아놓고, 금목걸이 따위 중요치 않다고 말할 수도, 말은 그렇게 하면서 원도에게 책임지라고 할 수도 있었다. 금목걸이를 되찾아 오라고 하는 대신, 합리적으로, 앞으로 금목걸이값만큼 밥을 먹지 말라거나, 일을 하라거나 용돈을 주지 않겠다고 할 수도 있었다. 혹은 금목걸이값만큼 때릴 수도 있었다. 보름 후 산 아버지가 원도를 찾아냈다. 경찰인 산 아버지가 가출한 원도를 찾아내기는 **너는 그것을 기다리고 있었다** 아주 쉬웠다. 마치 자수한 사람처럼 원도는 담담히 산 아버지에게 잡혔다. 불량배와 어울리지도, 패싸움이나 도둑질을 하지도, 로맨스에 빠지지도, 무언가 커다란 깨달음을 얻고 마음의 근육이 탄탄해지지도 않고, 오락실에 틀어박혀 각종 게임의 끝판을 깨서 오락실 사람들에게 박수와 인정을 받은 것이 전부인 가출이었지만, 훗날 원도는 바로 그때 어른이 되었다고 **아니다** 결론지었다. 아버지의 금목걸이를 판 돈으로 길거리를 헤매던 열 몇 살의 여름날 나는 어른이 되었다고. 누군가가 언제 어른이 된 것 같으냐고 물어보면 그렇게 대답하고 싶었다. 하지만 아무도 물어보지 않았다. 산 아버지는 원도를 감옥에 처넣지 않았다. 금목걸이에 대해서도 말하지 않았다. 왜 그랬느냐고 추궁하지도 않았다. 원도를 꿇어앉힌 채 네가 무엇을 잘못했는지 아느냐 묻고 원도의 대답을 기다렸다. 폭력과 재앙은 거리가 아닌 집에 있었다. 원도와 산 아버지가 마주 앉은 거실에 시간을 조각내는 시곗바늘 소리만 울렸다. 밤이 가고 새벽이 왔다. 새벽이 아침으로 낮을 바꾸고, 여름 볕이 거실을 뜨겁게 데웠다. 지구가 한 바퀴 도는 동안 원도는 꿇어앉은 채 졸다가 쓰러지길 반복했다. 그때마다 산 아버지는 원도에게 일어나라고, 정신 차리라고, 똑바로 꿇어앉으라고 명령했다. 버티고 싶었다. 금목걸이를 훔치고 가출한 것을 잘못이라고 말하고 싶지 않았다. 그것을 제 입으로 토해내고 싶진 않았다. 산 아버지의 그림자가 점점 길어지더니, 그것이 온 세상을 뒤덮어 다시 밤이 되었다. 산 아버지와 원도는 전날 밤과 똑같은 자세로 서로를 마주 보고 있었다.

나, 는, 절, 대, 이, 것, 을, 이, 길, 수, 없, 다.

저항하던 원도가 마침내 생각했다.

잘못했어요.

결국 말했다. 울면서 말했다. 산 아버지가 무엇을 잘못했느냐고 되물었다. 물건을 훔쳤고 집을 나갔다고 원도가 대답했다.

그게 아니지.

산 아버지가 대꾸했다. 도둑질과 가출이 아니라, 그러면 안 된다는 것을 알면서도 한 행동이 잘못이라고 했다. 어른들이 걱정할 걸 알면서도 하고 싶은 대로 한 것이, 너와의 싸움에서 이기지 못한 것이, 잘못했다는 걸 알면서도 스스로 돌아와 잘못을 고백하지 않은 것이 잘못이라고 했다.

그게 어떻게 잘못인가.

원도는 생각했다. 하면 안 되는 줄 알면서도 하고, 걱정하는 줄 알면서도 원하는 대로 하고, 나와는 결코 싸우고 싶지 않고, 잘못을 알면서도 스스로 고백하지 않은 것이라면 가출하기 전부터 허다하게 한 짓이었다. 어릴 때부터 그랬고, 원도가 보기에 다른 사람들 역시 그렇게 살고 있었다. 그러므로 그것은 잘못이라기보다, 굳이 이름을 붙이자면, 그저 삶이었다. 하루하루였다. 그런데 이제 와 뻔한 삶을 잘못이라 칭하며 나를 벌주는 이유가 뭔가. 하지만 원도는 고개를 끄덕이며 울었다. 산 아버지와의 대결에서 벗어날 수만 있다면 무슨 말이든 인정할 **그때다 그것이다** 수 있었다. 태어나 살아 있는 것 자체를 잘못이라 우기더라도 수긍할 수 있었다. 잘못을 알았으니 책임을 지라고 산 아버지가 말했다. 그것은 원도가 선택할 수 없는 것이었다. 산 아버지가 베란다에서 배트를 가져왔다. 원도는 다가올 질문을 기다렸다.

몇 대 맞을래?

아버지가 물었다.

○

　산 아버지는 좋은 아버지다. 그리고 나쁜 아버지다. 산 아버지는 좋은 아버지가 되기 위해 합리적인 말과 행동을 내세웠다. 합리적으로 원도를 사랑했고, 억압했고, 원도에게 선택의 기회와 자유를 주었다. 그의 최선이었다. 그 마음을 원도도 안다. 그렇기에

　최선을 다한 아버지는 참으로 훌륭하십니다.
라고 말할 수는 있으나

　최선을 다한 아버지는 참으로 좋습니다.
라고 말할 수는 없다. 원도가 또래 여자애에게 사랑한다고 말하며 교복 치마 속으로 손을 집어넣었을 때, 담배를 물고 당구를 치며 오늘 점심은 짜장이냐 짬뽕이냐를 두고 친구들과 열띤 논쟁을 벌였을 때, 재수 학원 옥상에서 자판기 커피를 마시며 여기서 확 뛰어내려버릴까, 뛰어내리면 터진 뇌수가 어디까지 튈까에 대해 제법 진지하게 고민했을 때, 독서실에 틀어박혀 productive, division, infectious 같은 영어 단어를 외우며 질겅질겅 껌을 씹다가 어디선가 날아온 구겨진 쪽지에 뒤통수를 맞았을 때, "껌 뱉어"라고 적

힌 그 쪽지를 다시 아무 사람에게나 던져버렸을 때, 두꺼운 전공 서적 귀퉁이에 지저분한 낙서를 하다가 교수에게 질문을 받았을 때, 대답을 못 하고 머뭇거리는 사이 옆에 앉아 있던 여자가 원도의 낙서를 보고 인상을 구겼을 때, 그래서 F 학점을 받은 것보다 더 큰 좌절을 느꼈을 때, 파산을 코앞에 둔 고객에게 고의로 반말을 했을 때 같은 시간 같은 세상 어디쯤에서는 미성년자들이 신의 뜻을 따르겠다며 사람의 심장이나 머리를 조준하여 사격하는 방법을 배우고 있었다. 전쟁이 터지고 테러가 일어나고 대학살이 범해졌다. 해고된 누군가가 고층 건물에서 뛰어내리고, 성적을 비관하여 스스로 목을 매고, 취업에 실패한 어떤 이는 밀폐된 차 안에서 연탄불을 피웠다. 돈이 가장 많다고 알려진 나라에서는 아이들 다섯 명 중 한 명이 가난 때문에 밥을 굶고, 각종 투기와 사기로 갑부가 된 사람이 수십 대의 고급차를 둘러보며 오늘은 무슨 차를 타고 외출할까 갈등할 때 그의 고객이었던 누군가는 집을 빼앗기고 길거리에서 새우잠을 잤다. 그것이 합리다. 산 아버지가 좋은 아버지의 절대 기준으로 삼았던 합리다. 잘잘못을 따진 어머니가 '네 잘못이잖아, 울지 마'라는 권총을 들었을 때 산 아버지는 '네 잘못이고 우는 것은 네 자유지만 몇 대 맞을래'라는 기관총을 들었다. 산 아버지가 원도를 배트로 때린 이유는 원도가 잘못했으며 그 잘못에 책임을 져야 한다고 믿어서다. 원도가 거짓말을 했고, 약속을 지키지 않았고, 남에게 피해를 끼쳤으며, 해야 할 일을 하지 않았거나 남들만큼 해내지 못했다고 생각해서다. 산 아버지는 친아버지가 아니어서 자식을 누구보다 반듯하게 키워야 한다는 강박에 시달렸고, 그래서 친아버지 이상으로 애쓴다고 원도는 생각했다. 하지만 '친아버지 이상으로 무언가를 해야 한다'라는 생각 자체가 이미 산 아버지를 친아버지와는 거리가 먼 아버지로 만들어버렸다고. 원도는 '아버지니까 그럴 수 있어'라고 이해하지 않았다. '나 잘되라고 그러는 거야'라고 오해하지 않았다. '아버지가 정말 싫다'라고 생각하지도 않았다. 오직 산 아버지가 원하는 것을 알아내고자 노력했다. 원도는 항상 의심했다. 이것인가? 이것이 아닌가? 산 아버지의 "널 위해서"라는 말을 원도는 "날 위해서"라고 들었다. 날 위해서 그렇게 하면 안 된다. 여기서 '나'는 산 아버지다. 내가 너의 친아버지가 아니기 때문에 사람들은 호시탐탐 나를 엿보고 있다. 내가 너를 어떻게 키우는지 지켜보고 있다. 네가 잘못하면 곧 나의 잘못이 된다. 날 위해서 너는 아무 잘못도 저지르지 말아야 한다. 그렇게 들었다. 확신이 아니다. 의심이다. 확신할 수 있는 것은 원도가 늘 의심했다는 사실뿐이다. 의심했던 바가 거짓으로 밝혀진 경우는 별로 없으나 단 한 번도 의심하지 않던 것이 거짓으로 밝혀진 경우는 있다. 이 것은 그것에 관한 기억이다. 모든 의심을 착각으로 만들고 착각을 무의미로 만든 기억. 애써 그린 그림을 깨끗이 지우고 원점으로, 백지상태로 돌아가야만 하는 기억. 아무도 말한 적 없지만 원도는 모두가 그렇게 믿는다고 믿었다. 그래서 원도 역시 그렇다고 믿었다. 순서 때문이다.

○

　남자와 여자가 만난다. 서로를 원한다. 성욕이 발생한
다. 섹스를 한다. 수정란이 만들어진다. 아이가 태어난다.
아이가 태어나는 순간 남자는 아버지, 여자는 어머니가 된
다. 동시에 아이는 자식이 된다. 인간은 단 한 순간도 역할
없이 존재할 수 없다. 그것은 생명에 대한 담보와 같다. 역
할 혹은 상징에서 벗어날 수 없기에 인간은 태어나는 순간
자유를 뺏긴다. 아니다. 원래 없는 것이므로 뺏긴다는 말은
적당하지 않다. 살아 있는 이상 자유는 없다. 죽어서 얻는
것이 자유인지에 대해서는 말할 수 없다. 자유는 산 아버지
의 말이다. 산 아버지는 언제나 자유를 강조했다. 없는 그
것을, 불가능한 그것을 마치 있는 것처럼 말했다. 그것을 부
여하는 척했다. 없는 그것을 누리라 했고, 누릴 수 없는 그
것에 책임지라 했고, 책임에 대한 선택을 강요했고, 제한된
선택지를 제시하여 인생을 객관식으로 만들었으며, 선택
을 거부하는 원도를 처벌하면서 다시 자유를 강조했다. 원
도는 억울했다. 누명을 쓴 기분이었다. 자유는 선택 문제가
아니다. 원래 없는 그것을 선택할 수는 없다. 그런데도 선택

한다면, 자유에 최대한 가까운 것을 선택할 수 있다면 평생을 헤엄쳐도 벗어날 수 없는 무인도에 홀로 태어나기를 선택할 수 있을 것이다. 아니다. 태어나는 것이 아니라 저절로 만들어져야만 한다. 그런 조건이라면, 어쩌면, 자유에 가까운 무언가를 누릴 수도 있을 것이다. 아니다. 한 가지 조건이 더 있다. 사유할 수 없는 존재여야 한다. 하지만 자유를 생각하지 않는 존재에게 자유는 불필요하다. 자유를 생각하는 존재에게 자유는 불가능하다. 그러므로 자유는 없다. 자유뿐 아니다. 평등, 평화, 공정, 정의 등 사람이라면 추구해야 한다고 믿는 것 모두 마찬가지다. 각자의 마음에 존재하는 그것에 대한 정의는 지문과 같다. 같을 수 없다. 하지만 어떤 이들은 달콤하고 매혹적인 말로 없는 그것, 있더라도 각자 다른 그것을 마치 동일한 것처럼 꾸민다. 꾸며서 유혹한다. 유혹하여 힘을 모은다. 모은 힘을 자기 것으로 만든다. 막강한 힘으로 사람들의 영혼과 몸을 빼앗고 핍박한다. 없는 것이므로 줄 수도 없고, 설령 존재한다 하더라도 누가 누구에게 주고 말고 할 수 없는 그것을 이용해 사람을 지배한다. 원도는 종종 산 아버지에게

아버지가 뭔데 나에게 이것 아니면 저것을 선택하라고 명령합니까?

라고 따져 묻는 상상을 했다. 상상만 했다. 원도는 아무것도 선택하지 않는 방법을 선택하곤 했으나, 아무것도 선택하지 않기란 사실 불가능했다. 선택하지 않는 척했지만, 선택하지 않는다고 믿었지만, 시간이 흐른 뒤 원도는 반드시 무언가를 하고 있었다. 그 무언가는 결국 산 아버지가 제시한 선택지 안에 포함된 것이었다. 하지만 원도는 깨닫지 못했다. 서른 넘어 담배를 끊어야겠다고 다짐했을 때, 그 순간 원도의 머릿속에 산 아버지는 없었지만, 그것은 언젠가 산 아버지가 제시한 선택지였다. 방황을 멈추고 대학에 가야겠다고 작정했을 때도, 회계사에서 공무원으로, 공무원에서 은행원으로 진로를 바꿨을 때 역시 마찬가지다. 원도는 산 아버지와 상관없이 스스로 선택지를 만들고 고르는 삶을 살았다고 자부하지만 천만의 말씀. 아버지의 "선택하라"라는 말에 치를 떨면서도, 그래서 선택을 미루는 방법으로 저항하면서도, 결국에는 아버지가 제시한 선택지 중 하나를 선택할 수밖에 **씨발 아니라고** 없었다. 아버지가 너는 자유롭게 살 수 있지만 네 인생에 책임을 져야 한다고 말했을 때, 자유가, 인생이, 책임이 무엇인지 알 수 없어 당장 아버지에게 혼나는 그 순간이 어서 지나가기만을 바라던 원도는 결국 "내 인생의 주인은 나"라는 말을 아무렇지도 않게 하는 사람이 되었다. 자유가 무엇인지 고민해보지 않고도 "나도 좀 자유롭게 살고 싶다"라는 푸념을 버릇처럼 늘어놓게 되었다. 네가 한 말에 책임을 지라며 후배를 윽박질렀다. 딸에게 **제발** 이것 아니면 저것을 선택하라고 **닥쳐** 강요했다. 아버지가 원도에게 요구했듯 자기 딸이 자발적으로 부모를 존경하고 열심히 공부하고 부지런하고 의젓하길, 자발적으로 철이 들고 자발적으로 다소곳하고 자발적으로 남들보다 뛰어나길 바랐다. 하지만 "네가 아무 억압이나 강요 없이 자발적으로 그것을 하길 바란다"라는 말은 그 말 자체만으로도 '스스로 행함'의 가능성을 제거해버렸다. 의심하지 않을 수 없다. 정녕 내가 원하는 것인가. 당신이 원하기에 나도 원하게 된 것 아닌가. 혹은 은연중에, 교묘하게, 강요당한 것 아닌가. 당신이 아니었더라도 과연 내가 이것을 원했을까. 돌아갈 수 없는 강을 건너버렸다. 이런 경우는 무수히 많다. 모두들 매 순간, 과장이 아니다, 그야말로 매 순간 돌아갈 수 없는 강을 건너는 것에 견줄 만한 행위를, 말을 하고 있다. 누군가를 혹은 무언가를 경험할 때마다 이전과 다른 존재가 된다. 삽시간이다. 핸들만 돌리면 자동으로 그림이 재배열되는 슬롯머신과 같다. 원도가 유경을 알게 되었을 때, 유경에게 처음 '오빠'라는 말을 들었을 때 원도는 오빠라는 말을 듣기 이전과는 전혀 다른 원도가 되었다. 그 순간부터 원도는 '오빠'라는 말과 그 기억에 지배당했다. 뇌 한구석에 유경의 목소리가, 얼굴이, 말투가, 사소한 몸짓이, 아니 유경 자체가 화살처럼 박혔다. 원도의 온갖 말과 행위에는 유경에 대한 기억이 얼룩처럼 묻어 있다. 눈썹 있는 모나리자와 눈썹 없는 모나리자를 절대 같은 그림이라고 말할 수 없듯, 어떤 기억이 더해진 원도를 이전의 원도와 같은 존재라고 말할 수는 없다. 그녀를 만난 후에는 더했다. 유경이란 기억이 있기에 그녀를 원하게 되었다. 유경에 대한 기억이 없었다면 그녀 아닌 다른 여자를 원했을 수도 있고, 그랬다면 원도의 인생은 달라졌을 것이다. 예컨대 유경은 원도가 먼저 전화를 끊는 것을 싫어했다. 그 기억 때문에 원도는 그녀와 통화할 때 절대 먼저 전화를 끊지 않았다. 하지만 그녀는 그런 원도를 우유부단하다고 생각했을지도 모르는 너도 네가 모르는 것을 모르지 모른다. 귀찮다거나 너무 질척거린다거나 소심하다고 생각했을지도 모른다. 혹은 이전에 만났던 남자가 그와 같은 사소한 배려로 그녀를 감동시키곤 했는데 결국엔 그녀를 떠나버렸기에 그런 배려 자체에 상처받았을 수도 있다. 그런 식으로 유경에 대한 기억에서 비롯한 말과 행동은 그녀까지 뒤흔들고, 그녀의 기억은 원도에게까지 마수를 뻗친다. 그녀와 헤어진 후 원도는 그녀와 관련된 단어를 맞닥뜨릴 때마다 고통스러웠다. 종이컵. 횡단보도. 장갑. 하늘. 지하철. 에스프레소. 쫄면. 순대국밥. 겨울. 자전거. 카메라. 떡볶이. 노을. 립스틱. 귀걸이. 대관령. 바다. 통영. 조개탕. 맥주. 272번. 환절기. 장마. 태풍. 여름밤. 첫눈. 낙엽. 봄꽃. 프랑크푸르트. 흰머리. 사직동. 방어. 안경. 따옴표. 손톱. 김광석. 내시경. 한의원……. 모든 단어다. 존재하는 모든 단어가 그녀를 불러왔다. 종이컵은 '종이로 만든 일회용 컵'이 아니다. 그녀가 앞니로 잘근잘근 씹던 무엇이다. 하늘은 '지평선이나 수평선 위로 보이는 무한대의 넓은 공간'이 아니다. 그녀와 함께 강변에 누워 바라보던 하늘이다. 쫄면은 '쫄깃한 국수에 야채와 고추장 양념을 비벼서 먹는 음식'이 아니다. '장은 조금만 넣고 면은 자르지 말고 달걀은 빼주세요'다. 맥주는 '알코올성 음료의 하나'가 아니다. 하이네켄이다. '하이네켄이랑 혹시 싱싱한 당근 있어요?'다. 맞닥뜨리는 모든 단어가 기억을 흔들어 깨웠다. 상처를 주는 것은 그녀가 아니라 기억에 얽매인 원도 자신이었다. 그것에서 벗어나고자 원도는 그녀와 관계된 모든 단어에 다른 옷을 입히기 시작했다. 그녀가 이로 잘근잘근 씹어대던 종이컵의 기억에 그것으로 전화기를 만들어 놀던 어린 시절 기억을 덧입혔다. 그래도 지워지지 않으면 종이컵을 도화지로 만들어버렸다. 종이컵만 보면 겉면에 그림을 그려댔다. 그 역시 소용없을 때는 종이컵을 종이컵이라고 부르지 않았다. 그때그때 생각나는 글자를 마구 조합해 새로운 이름을 붙였다. 전혀 다른, 완벽하게 새로운 물건으로 바꾸고자 노력했다. 종이컵이라는 단어를 사용해야 하는 경우에는 위대한 대명사를 사용하여 "자판기 커피가 그것에 담겨 나오잖아"라고 했다. 부질없는 짓이었다. 그러면 그럴수록 기억은 더 강렬해졌다. 그녀와 헤어진 후 원도는 사직동과 신촌에는 가지 않으려고 했다. 그녀를 떠오르게 하는 장소였다. 신촌에 가지 않았기에, 꼭 가야 할 필요가 있을 때조차 무리해서 약속 장소를 바꾸었기에 원도는 결국 파산하고 도망자가 되었을 수도 있다. 꼭 그녀여야 할 필요 또한 없다. 원도와 관계된 모든 사람이다. 모두가 원도에게 기억을 강제했다. 원도를 뒤흔들고 지배하여 결국 파멸시켰다. 기묘한 작용으로 원도의 삶을 간섭하면서도 기어이 혼자이게 했다. 혼자인 채로, 온몸에 빽빽하게 박힌 기억의 사금파리를 털어내고자, 그럴수록 더 깊고 넓은 상처만 생기는데, 하지만 혼자여서, 혼자이기 때문에, 남은 것은 오직 기억뿐이기에, 기대도 희망도 없이 오직 기억에만 집착하며 '나는 왜 죽지 않았는가'에 집요하게 매달리다 **원도야, 아버지를 믿어라** 죽을 수도 있었다. 죽는 게 낫다고 생각한 순간 역시 많았다. 파산자에 범죄자에 도망자가 되어, 가족에게 버려진 채 매일 피를 토하면서도, 이 지경으로도 죽지 않은 이유는 무엇인가. 대체 얼마나 대단한 이유인가. 순간마다 기억은 더해지고 뇌는, 아니 정신은, 아니 마음은 뻥뻥 뚫린 구멍으로 난장판인데 **믿어라, 아버지를, 원도야** 아버지, 도무지 자유로울 수가 없어요. 기억이 나를 죽여요. 살면 살수록 하루하루 더해지고 팽창하는 그것이 나를 짓눌러 숨을 쉴 수 없어요. 들려요? 듣고 있어요? 듣고 있다면, 듣는 당신은 대체 누구입니까. 자유를 원한다면, 없는 그것에 조금이라도 가까워지길 원한다면 없는 것 자체를 자유라 부르는 수밖에 없다. 그렇다면 어느 누구도 없는 그것에 대해 섣불리 옳다 그르다 단정하거나 강요해선 안 된다. 하지만 산 아버지는 옳거나 그르다는 판단을 너무 쉽게 내렸고 자신의 판단을 무서울 정도로 확신했다. 확신을 강요하고 망설임 없이 처벌했다. 길고 긴 이야기다. 평생 이어질 기억이다. 덮지 말고 끝까지 보아라. 숱한 구멍 중 가장 광활한 구멍, 당신에 대한 기억이다. 다시 순서로 돌아간다.

○

아버지, 어머니, 자식으로 구성된 가족이 함께 산다. 함께 살지 않을 수도 있다. 아이는 자기보다 거대하고 힘센 두 사람이 내가 엄마야, 내가 아빠야, 엄마라고 불러, 아빠라고 불러 하고 말하면 그 말을 그대로 믿고, 아니 믿기 전에 받아들이고, 때가 되면 엄마, 아빠 하고 소리 낸다. 소리에 지나지 않는 그것은 신호가 된다. 거듭되는 신호가 그들을 그것으로 만든다. 이것이 대충의 순서다. 자식과 부모가 이루어지는 순서다. 원도 입에서 처음으로 튀어나온

아빠.

라는 소리는 죽은 아버지를 지칭하는 것이었다. 산 아버지는 죽은 아버지가 죽은 다음에야 나타났다. 산 아버지가 휘두른 배트에 허리를 맞아 병원에서 치료를 받게 되었을 때, 산 아버지와 오랜 친분이 있던 치료사가 혀를 차며 말했다.

내 자식이 금목걸이 훔쳐서 가출했으면 나는 이 정도로 안 끝냈어, 이 자식아. 다리몽둥이를 부러뜨려서 벌레처럼 기어다니게 했을 거야. 이 정도로 끝난 걸 고맙게 생각해.

고맙지 않았다. 고마워할 바에야 벌레처럼 기어다니는

게 나왔다.

친아버지들은 그런가 보죠.

절로 그런 말이 나왔다.

……뭐라는 거야, 지금?

치료사가 어리둥절한 표정으로 되물었다. 원도는 입을
다물었다.

네 아버지가 친아버지가 아니라는 소리냐?

원도의 표정을 보고 치료사가 혀를 찼다.

허. 진짜네? 여태 뭘 어떻게 알고 살았던 거야. 정말 몰
라? 그래서 집 나갔어? 네 엄마가 말 안 해주디?

어머니는 울거나 봉사하거나 용서하라고 말하거나 침
묵하는 존재다. 드러내기보다 숨기는 존재다.

네 아버지가 친아버지고 너 어릴 때 잘못된 그 남자가
새아버지야. 모르고 있었어?

어려운 말이었다. 이상했다. 복잡했다. 단번에 알아들
을 수 없었다. 원도를 빤히 쳐다보던 남자는 뒤늦게 말을
아꼈다.

아니다. 네 엄마한테 물어봐라. 내가 할 얘기는 아니지
싶다.

순서가 있다. 보통의 순서는 이렇다. 친아버지가 죽으

면 어떤 경우 새아버지가 나타난다. 원도는 그 순서를 믿었으며, 그 믿음을 의심해본 적 없었다. 어머니에게 뒤죽박죽 뒤엉킨 순서를 물어보고 싶었으나 그날 역시 어머니는 밤 늦도록 들어오지 않았다. 산 아버지에게 물어볼 수도 있었으나 그러고 싶지 않았다. 나를 이룬 것이 정말 당신이냐고 묻고 싶지 않았다. 어머니를 기다리는 동안 원도는 산 아버지가 친아버지인 경우와 의붓아버지인 경우에 대해, 죽은 아버지가 의붓아버지인 경우에 대해, 혹은 의붓아버지도 아무 아버지도 아닌 철저히 남인 경우에 대해, 자신의 오해에 대해, 아무도 밝히려 하지 않았던 진실, 훤히 드러나 있기에 밝힐 필요가 없었던 진실, 모두가 알고 원도만 모르는데 원도만 모른다는 것을 아무도 모르는 진실에 대해 오랫동안 고민했다. 오해하고 착각하는 삶이 나왔다. 간단명료한 진실에 가까이 다가갈수록 결론을 내리기 두려웠다. 죽은 아버지는 누구인가. 그는 나의 무엇인가. 원도는 그에 대해 아무것도 몰랐다. 오직 그의 죽음만을 기억했다. 그리고 그 기억이, 원도의 삶을 통째로 지배하고 있었다.

○

원도가 기억한다.

죽은 아버지는 두 개의 컵을 들고서 원도를 보며 망설였다.

망설이다가 두 개의 컵 중 하나를 원도에게 내밀었다.

죽은 아버지와 원도는 동시에 물을 마셨다.

원도는 살고 죽은 아버지는 죽었다.

물을 마시기 전 마지막으로 남긴 말.

아버지를 믿어라, 원도야.

이 한 문장에 모든 진실이 있다. 아버지가 있고, 원도가 있고, 아버지가 원도에게 원하는 것이 있다. 드러난 진실만으로는 아무것도 설명할 수 없다. 껍데기에 불과하다. 뒤틀린 기억일 수도 있다. 뒤늦게 드러난 잔상, 혼돈이 만들어 낸 그림자가 섞였을 수도 있다. 하지만 없던 일은 아니다. 그것, 혹은 그것과 비슷한 장면은 분명 존재한다. 있는 것이 왜곡되거나 변질되었을 뿐이다.

무엇을 망설였을까.

왜 망설였을까.

원도가 생각한다. 껍데기를 들추고 뜻을 파헤친다. 기억을 해석한다.

스케치북 위에 **'만족스럽다'**라는 글자를 정성 들여 그린 후였다. 남은 일은 물을 마시고 죽는 것뿐이었다. 그런데 어째서 내게도 물을 주었고, 물을 주기 전에 망설였던 것일까. 죽일까 말까 망설였는지도 모른다. 나를 죽이지 않은 아버지의 선택에 감사해야 하나? 죽일까 말까 고민한 것에 분노해야 하나? 죽은 아버지는 무엇을 원했지? 망설였다면, 그리고 죽이지 않기로 선택했다면 그에게 나는 대체 뭐였지? 사랑해서 망설였을까? 증오해서 혹은 동정해서? 아니다. 이유는 중요하지 않다. 사랑해서 같이 죽고자 했을 수도, 죽일 수 없다고 생각했을 수도 있다. 결국 혼자 죽어버렸다는 것이 중요하다. 그리고 그것에는 아무 진실도 없다. 죽은 아버지에게 내가 어떤 존재였는지 그 행위 자체는 아무 힌트도 남기지 않았다. 절대 잊을 수 없는, 해석할 수 없는, 진의를 알 수 없는 말과 행동을 남기고 아버지는 죽어버렸다. 나는 당신이 누구인지도 모르고 내가 당신에게 어떤 존재인지도 모르는데, 이제 막 기억의 저장고를 갖게 된 코딱지만 한 내 앞에서, 당신은 멋대로 내 목숨을 저울질하다가, 밑도 끝도 없이 믿으라는 포악한 말을 남기고 무책임하게 죽어버렸다. 나보다 어린 주제에 언제나 내게 명령하는 아버지. 이미 죽었으므로 더는 죽을 일도, 사라질 일도 없는 아버지가 언제나 나를 지켜본다. 지켜보면서, 믿으라는 명령과 너는 왜 죽지 않았느냐는 질문을 동시에 던진다. 질문이 원하는 것은 대답이 아니다. **내가 원하는 것은 대답이 아니다. 대답 따위 필요 없다. 복종이다.** 아버지는 모든 것을 알고 있다. **나는 네가 모르는 것을 알고 있다.** 박 대리 아버지는 대중목욕탕에서 뇌혈관이 파열되어 죽었다. 권 이사는 자다가 죽었다. 고등학교 동창은 교통사고로 즉사했고 대학 선배는 해외에서 자원봉사를 하다가 강도에게 살해당했다. 공무원 시험에 다섯 번 낙방한 후배 한 명은 고시원 옥상에서 뛰어내려 죽었고 김 과장은 회식 다음 날 심장마비로 죽었다. 검은 양복을 꺼내 입을 때마다 원도는 결국 한 점으로 수렴되는 수많은 죽음에 대해 생각했다. 아는 사람의 부모나 아는 사람의 아는 사람이 죽었을 때 장례식장에서 엄숙한 표정으로 조의를 표하며 원도는 줄곧 죽은 아버지의 장례식을 상상했다. 기억에 없는 어린 자신과 젊은 어머니의 표정을 기억해내고 싶었다. 그곳에 산 아버지가 있었는지 없었는지 궁금했다. 사람들은 모든 죽음에 이름을 붙였다. 익사. 병사. 교사. 압사. 자연사. 질식사. 추락사. 돌연사.

아사. 참사. 실족사. 과로사. 의문사. 자살 혹은 타살. 탄생을 선택할 수 없듯 죽음 역시 선택할 수 없다. 99퍼센트가 만족하고 1퍼센트는 만족하지 못한다면, 99퍼센트가 행복하고 1퍼센트가 불행하다면, 99퍼센트가 부유하고 1퍼센트가 빈곤하다면, 그렇다면 완벽하게 만족스럽다거나 행복하다거나 부유하다고 말할 수 없듯, 그것이 정말 그렇다고 말하기 위해서는 예외를 주목해야 한다. 죽음과 삶이다. 매 순간 살면서 죽어가고 있다. 삶은 어정쩡하며 모호하다. 희뿌연 단어다. 죽음의 반대는 삶이 아닌 탄생이다. 탄생은 순간이다. 그 순간을 지나면서부터 죽음에 가까워진다. 원도는 스스로 원해서 태어난 것이 아니며 원치 않아도 결국 죽을 수밖에 없다. 그런데 죽은 아버지는 죽음을 선택했다. 선택? 선택이었을까? 자유롭게? 자유였을까? 정말 그것을 원했을까? 답을 알 수 없는 의심 끝엔 마침표처럼 언제나 동일한 질문이 들러붙었다.

질문은 다시 시작된다.

도처에 죽음이 널려 있다.

나는 왜 죽지 않았는가.

○

　'왜'라는 질문을 잃어버리는 순간 아이는 어른이 된다.
질문을 제거해버리면 이해하지 못할 것이 없다. 질문은 원
도의 몫이며 이해는 산 아버지의 말이다. 산 아버지는 이해
한다는 말과 처벌을 동시에 휘둘렀다. 이해와 용서는 다르
다. 전혀 다른 말이다. 용서는 어머니의 말. 어머니는 이해
할 수 없는 것들을 두꺼운 항아리에 쑤셔 넣고 용서라는 뚜
껑으로 덮어버렸다. 용서가 아니다. 용서를 가장한 복수다.
이해도 아니다. 이해라는 오해다. 그녀가 말했다.
　난 당신이 어떤 사람인지 몰라. 전혀 몰라. 알고 싶지도
않아. 난 내가 오해하고 상상하는 당신을 원할 뿐이야. 그것
을 깨고 싶지 않아. 진짜를 알면 의심이 생길 거야. 그랬으
면 좋겠어? 그걸 원해?
　원도가 내뱉은 사랑한다는 말에 대한 뒤늦은 대답 중
하나였다. 눈사람 모양 지우개가 하나 더 추가되는 기분이
었다. 원도는 오해와 상상이란 말을 원하지 않았다. 사랑한
다거나 좋아한다는 말, 연인 사이에 나눌 수 있는 보편적이
고 쉬운 말을 원했다. 섹스 아닌 다른 것을 추구하기 시작

하자 하루에도 수십 개의 눈사람 지우개가 튀어나와 원도를 혼란스럽게 했다. 그녀는 여성 상위 체위에 만족했다. 섹스 후 바로 욕실로 달려가는 것을 싫어했다. 입 맞추는 것을 좋아했는데 그저 입술만 오물거리기보다 살점을 물어뜯듯 과격하고 날카로운 입맞춤을 좋아했다. 섹스 중에 말하는 것을 싫어했고, 콘돔 포장을 뜯을 때는 이로 잡아 뜯었다. 오른쪽 가슴에 갈색 점이 있고, 마네의 그림 속 여인들처럼 허리부터 허벅지까지 살이 많았다. 원도가 아는 것은 그런 것뿐이었다. 보이고 들리고 만져지는, 그녀의 육체가 드러내는 것들. 반면에 무슨 음식을 좋아하는지, 걷기를 좋아하는지 드라이브를 좋아하는지, 바다를 좋아하는지 산을 좋아하는지, 영화를 좋아하는지 연극을 좋아하는지, 고양이를 좋아하는지 개를 좋아하는지, 친한 친구는 누구며 어릴 적 꿈은 무엇이었는지 따위는 전혀 몰랐다. 조금씩 알게되더라도 안다고 믿는 것은 자꾸 바뀌었고, 시시각각 바뀌는 그것들은 그녀를 설명하기보다 도리어 가렸다. 원도는자기가 어떤 존재인지 정확하게 알 수 없었다. 애인인가? 섹스 파트너인가? 그녀의 대답은 명확하지 않았고 일관성도 없었다. 만약 유경이 그런 식으로 굴었다면 당장 화를내고 왜 그렇게 네 멋대로 구느냐고 따졌겠지만 그녀에겐 그럴 수 없었다. 언제나 경계에 선 기분으로 착각과 오해와 환상의 힘을 빌려 그 곁을 서성였다. 모를 일이다. 당시 원도가 직장인이었다면, 직책과 명함을 가졌다면, 매달 주택 청약과 적금을 붓고 약간의 대출 이자도 갚는 처지였다면, 기분이 내킬 때 어두운 바에서 싱글 몰트 위스키 한 병쯤 사 마실 여유가 있었다면, 그랬다면 좀 더 당당했을 수도, 속을 알 수 없는 그녀 대신 다른 여자와 연애했을 수도 있다. 그녀는 원도가 대학을 졸업하던 해에 나타났고, 졸업 후 아무 소속도 상징도 갖지 못한 때에 마음에 들어섰다. 그녀를 상상하고 그리워하고 만날 때마다, 그리고 다시 혼자가 될 때마다 원도는 어김없이 자존심을 다쳤다. 지긋지긋한 저울질. 이런 감옥에 어째서 또 제 발로 걸어 들어왔는가 후회할 때도 있었다. 그녀가 원도에게 확실한 역할을 부여했다면, 바라는 바를 구체적으로 제시했다면, 그랬다면 원도 역시 그녀가 원하는 그것을 원하면서, 그녀도 자신을 원한다고 확신했을 것이다. 하지만 그녀는 무엇도 요구하지 않았다. 그런 태도는 네가 무엇이든 상관없다는 식으로 해석되었고, 그것은 네가 무엇이든 상관없이 너를 원한다는 의미와 너를 원하지 않으므로 네가 무엇이든 상관없다는 의미를 동시에 가졌다. 무조건 나를 원하는 단 한 사람. 사람들은 그런 대상을 부모라고 쉽게 단정하지만 원도는 그 말을 믿지 않았다. 세월은, 시간은 무서운 것이다. 우연만큼 엄청난 것이다. 단백질 덩어리에 불과한 원도, 밥알만 한 원도를 175센티미터까지 부풀리는 이상하고도 징그러운 것이다. 어린 시절 원도는 자꾸만 자라는 자기 몸과 죽은 나무처럼 더는 자라지 않는 부모를 보며 스스로에게 물었다. 어째서 이들인가. 어째서 이곳인가. 어째서 그때였나. 조금 더 커버린 원도는 이전과는 다른 의문을 가지게 된다. 마음은 대체 언제부터 생기는가. 엄마 배 속에서부터? 눈을 뜨면서부터? 말을 배우면서? 거절당하고 거부당하면서? 허무한 우연으로 만들어진 내가 어째서 이런 고통과 외로움을 감수하며 살아야 하는가. 죽음의 공포가 원도를 점령하고 '나는 왜 죽지 않았는가'라는 질문에 집착하면서 원도는 생각했다. 우연히 생겨났으니 우연히 죽을 것인데 우연히 생겨난 주제에 우연히 다가올 죽음을 두려워하는 것도 웃긴다고. 그렇다고 두려움이 사라지진 않았다. 어떻게 하면 우연을 피하며 살 수 있을까 궁리했다. 모든 우연에 저항하고 싶었다. 우연이 아니라 오직 자기 의지대로 살고 싶었다. 그런데도 산 아버지는 뭔가를 자꾸 선택하라 하고, 없거나 부질없는 그것을 강요하고, 어머니는 울거나 침묵하고. 그럼 어머니는 무엇을 선택했지? 무언가를 선택할 때 나의 의지가 작용했다면 그건 결국 생존 의지라고 생각했는데, 생존은 장민석의 말이다.

너는 외동이어서 모르겠지만 엄마의 사랑은 형제와도 나눌 수 없는 거야. 생존 문제니까. 대부분 내가 더 사랑을 많이 받았다. 혹은 내가 더 사랑받지 못했다고 생각하지 공평하게 사랑받았다고 생각하는 경우는 거의 없어. 그런데 형제도 아닌 너와 나라면 말이지.

'엄마'와 '사랑'이란 말은 장민석과 나누기 위험한 말이었다. 하지만 장민석은 모든 것을 가진 자처럼 혹은 모든 죄에 결백한 판관처럼 태연히 말했다. 원도는 장민석의 입에서 튀어나오는 엄마와 사랑이라는 단어를 용서할 수 없었다.

그래서 이 씨발놈아, 니가 왜 여기 있느냐고 지금!

원도가 장민석의 멱살을 잡고 흔들었을 때 장민석은 씩 웃었다. 그 웃음. 잊은 줄 알았으나 사라지지 않고 내면 깊숙이 잠복해 있던 그것. 무조건 존재하는 것은 사랑이나 희망 같은 긍정적인 감정이 아닌 공포나 불안인지도 모른다. 어둡고 부정적이고 무조건적인 그 감정을 지울 수 없기에 조건에 따라 변할 수밖에 없고 잠시의 환상으로 우리를 최면에 빠뜨리는 사랑 혹은 희망 따위에 순간순간 의존하는 것은 아닐까. 공포든 불안이든 외로움이든, 무슨 이유에서든 무조건 나를 원하는 단 한 사람. 그녀가 자신에게 그런 존재가 될 수 없다는 것을 의심하지 않으면서도 원도는 그녀에게 집착했다. 의심과 의혹이 휘두른 칼날로 너덜너덜해진 마음에 사랑이라 믿어도 될 만한 것이 들어차는 순간도 있었지만, 칼날이 남긴 상처가 워낙 깊고 짙어 사랑이 들어차는 그 순간 역시 아프고 쓰라리긴 마찬가지였다. 느닷없는 거리감을 느낄 때, 그녀가 원도의 기대와는 다른 말과 행동을 할 때, 원도를 비난하거나 무가치한 존재로 만들어버릴 때, 문득 말을 멈추고 원도를 텅 빈 눈으로 쳐다볼 때, 그럴 때면 이상하게도 어머니가 떠올랐다. 어머니의 침묵과 그에 맞먹는 산 아버지의 합리가 떠올랐다. 그들의 침착함, 그것을 가능케 하는 거리감이 느껴졌다. 유경에게 바란 것은 많았다. 불평하지 않길, 비교하지 않길, 짜증 내지 않길, 할 수 없는 것을 무리하게 요구하지 않길, 확인하려 하지 않길, 화난다고 함부로 소리 지르거나 전화 끊지 않길, 다른 남자에게 웃으면서 상냥하게 말하지 않길, 무시하거나 비웃지 않길. 아니다. 유경에게 바란 것 역시 단 하나다. 그녀에게 바란 것과 동일하다. 위대한 대명사를 이용하여 약간 다르게 말하자면 이렇게 표현할 수 있을 것이다.

나에게 그것을 줘.

내가 바라는 그것.

언제나 원하는 그것.

처음의 그것.

그러므로 실패는 항상 예견되었다.

원도의 인생에 유일한 정답이 있다면 그것은 실패일 것이다.

사랑의 실패.

어떤 아이는, 배고프다며 울다가도 엄마가 밥을 차려주면 숟가락을 집어 던지며 더 크게 운다.

원도가 그런 아이였다.

엄마 아니면 그 무엇도 아니야.

그런 아이였다.

엄마 아니면 아무것도 아니야.

○

　　몇 시나 되었을까. 가늠할 수 없는 어둠. 원도의 눈에
아파트 단지가 들어온다. 수백 개 검은 창이 검은 구멍처럼
보인다. 사이사이 희거나 노란 불빛이 새어 나온다. 몇 평이
나 할까. 불빛을 헤아리며 원도가 생각한다. 48평 아파트에
살았다. 부자만 사는 동네였다. 그렇지만 원도도 아내도 자
기들을 부자라고 생각하지 않았다. 언제나 더 가진 자들이
넘쳐났다. 다이아몬드가 박힌 반지와 목걸이와 귀걸이를
하고도 아내는 돈이 없다는 말을 수시로 했다. 아내는 어디
로 갔을까. 딸. 내 딸은. 그들은 나를 잊었을까. 설마 그럴
까. 아파트 앞을 떠나지 못하던 원도의 몸이 찬 바닥을 향
해 서서히 굽는다. 갈 곳이 없어. 가야 할 곳이 없어. 원도가
운다. 침을 흘리며 운다. 누구도 나를 원치 않아. 일그러진
얼굴이 서서히 굳어간다. 죽으려던 게 아니었다. 바지를 벗
어 고리를 만들고 목을 집어넣었지만, 밟고 섰던 낡은 탁자
를 한쪽 발로 쓰러뜨리며 공중에 대롱대롱 매달렸지만, 그
래서 정말 죽을 뻔했지만 죽을 수 없었다. 필사적으로 버둥
거리며 무엇이든 잡으려고, 어디에든 기대려고, 살아보려

고, 살아보겠다고 사지를 휘둘렀다. 코앞까지 다가온 죽음
이 따뜻한 손으로 원도의 목을 잡아 비틀며 어서 오라, 지
치고 힘든 자 나에게 오라, 달콤한 노래를 불렀다. 눈앞이
흐려지면서 이제 정말 끝이구나 싶었을 때, 죽음 너머에서
담담히 웃고 있는 죽은 아버지가 보였다. 그리고 그 너머,
더러운 창밖의 중국집 간판과 그것을 비추는 붉은 불빛을
보고 말았는데 그게 너무 아름다웠다. 짜장면, 짬뽕, 탕수
육의 이미지가 저절로 떠올랐고, 이미 아는 그 맛이 굉장
한 아름다움으로 다가왔다. 아름다운 저것을 두고 갈 수
없다는 열망과 그보다 뜨거운 억울함, 단번에 폭발해버린
원망에 놀란 몸이 번쩍 솟구쳤다. 간신히 커튼 봉을 잡고
창틀에 발을 올렸을 때, 죽음은 온화한 표정을 기괴하게
일그러뜨리며 울었다. 슬프게 울다 징그럽게 울다 악을 쓰
며 울다 어린애처럼 기어 와 원도의 몸에 들러붙었다. 엉
기는 죽음을 간신히 떼어내며 원도도 울었다.

　　살았다.

　　살아냈다.

　　사는 날까진 살아 있자고 마음먹었을 때 여관 주인이
쳐들어와 욕하고 때리고 돈을 쥐여줬다. 살고 싶은 원도에
게 살라고 명령하며 쫓아냈다. 얼어가는 몸 아래로 와작와

작 겨울이 부서지는 소리가 울린다. 원도의 알량한 체온을 뺏어 차가운 대지를 덥히는 겨울의 순수함. 미래는 없다. 현재는 순간이다. 기댈 것은 차곡차곡 쌓인 기억뿐이다. 죽거나 살아야 하는 데 이유가 있다면, 이유가 필요하다면, 과거를 뒤질 수밖에 없다. 눈을 감으며, 원도는 쉬지 않고 기억한다.

○

엄마 하나면 충분하던 시절, 엄마 아니면 그 무엇도 아
니던 시절, 원도는 질문이 많은 아이였다. 우주의 대부분을
차지하는 암흑 물질처럼 원도를 밖으로 밖으로 밀어내고,
밀어내어 팽창시키고, 팽창시켜 자라게 하고, 자라서 혼자
이게 한 숱한 질문들. 폭우처럼 쏟아지는 질문을 소리로 바
꾸어 말하기에 언어는 너무 단순하고 부족하고 흐리멍덩
했다.

엄마, 이게 왜 나무야?

원도가 달력을 가리키며 물었을 때 엄마가 뭐라고 대
답했는지, 대답을 하긴 했는지 기억나지 않는다. 대답은 지
워지거나 찢어졌다. 아니, 원래 없는 것이 많을 것이다. 원
도는 질문만큼 대답에 굶주린 아이였으나 다양해서 무지
막지한 질문을 던지면서도 원도가 원하는 대답은 결국 하
나였다.

엄마, 새는 왜 날아? 날개만 있으면 날아? 그럼 나도 날
개를 붙이면 날아? 날개가 있는데 왜 못 날아? 그럼 타조
는? 타조 날개도 진짜 날개가 아니야? 꼭 필요해야 날아?

개도 날 필요가 있을지도 모르는데 근데 왜 개한테는 날개가 없어? 나는 날 필요가 있는데 나는 왜 날개가 없어? 근데 왜 날개는 날개라고 불러? 엄마 돌고래는 날개가 없어도 날지? 바다 위를 붕 날잖아. 잠깐 뜨는 거랑 나는 거랑 뭐가 달라? 엄마, 근데 돌고래는 물에서 사는데 나는 왜 물에서 안 살아? 엄마, 왜 돌고래는 땅에서 숨을 못 쉬고 나는 왜 물에서 숨을 못 쉬어? 엄마, 바다 밑에는 뭐가 있어? 바다 밑에도 땅이 있는데 왜 나는 바다에서 못 살아? 바다는 왜 바다야? 저 물은 다 어디서 왔어? 물은 어떻게 생겨? 물은 왜 물이고 땅은 왜 땅이야? 물이 땅이 돼? 땅은 물이 못 돼? 땅이랑 물이랑 사람이랑 저기 저 산은 왜 다 생겼어? 왜 저기 있어? 돌고래는 왜 돌고래고 나는 왜 나야? 나는 왜 돌고래가 아니야? 돌고래는 왜 고래만큼 크지 않아? 엄마는 왜 그렇게 커? 나도 커? 엄마만큼 커? 엄마도 작았어? 근데 왜 컸어? 꼭 커야 돼? 왜? 왜 그래야 돼? 엄마. 엄마. 엄마. 엄마. 안아줘.

원도가 운다. 안아줘도 운다. 누명 쓴 죄인처럼 운다. 엄마를 밀어내면서도, 질린 엄마가 원도에게서 손을 거두면, 다시 팔을 벌리며 운다. 원도는 엄마에게 무작정 뛰어들어 잔잔한 수면을 갈기갈기 찢어놓는 아이였다. 자연스럽게 헤엄치는 방법을 몰라 팔다리를 사납게 휘젓고, 그래서 물속 다른 생명까지 헤집어놓는 아이였다. 간신히 뭍으로 꺼내놓으면 바로 발딱 일어나 겨우 잔잔해진 그곳으로 다시 돌진하던 아이. 자신이 사람인지 물고기인지 미역인지도 모르고, 헤엄칠 줄 아는지 모르는지도 모르고, 물속에서는 모든 사람이 자기처럼 허우적대는 줄 아는, 그곳에서 죽을 정도로 허우적대는 것이 바로 자기 일이라고, 바다에서는 헤엄치기보다 허우적대는 것이 훨씬 당연하다고 생각하던 아이, 원도.

바다에 가면 너는 바로 뛰어드는 편이니, 아님 몸에 물을 묻히고 서서히 들어가는 편이니.

그녀의 말이다.

무작정 들어가.

원도가 대답했다.

아닐걸. 더울 때는 무작정 들어가고, 좀 쌀쌀하다 싶을 때는 망설이고, 추울 때는 아예 안 들어갈걸. 그리고 뛰어들기 전에 깊이도 가늠하지. 온몸을 다 던져도 되는 곳인가, 첨벙 뛰어들었다가 어딘가 긁히거나 부러질 만큼 얕은 곳은 아닌가.

원도는 고개도 끄덕이지 않고 대답도 하지 않았다.

195

문제는 물이 아니야. 기온이야. 깊이야. 물속에 물 아닌 무엇이 있는가야. 물 자체가 아니라 그것을 둘러싼 조건이야. 나는 지금 바다 앞에 있어. 생각보다 물이 차. 깊이도 가늠이 안 돼. 물속에 무엇이 있는지도 몰라. 아직은 아니야. 말할 수 없어. 선택할 수 없어.

나는 너의 무엇이냐는 질문에 대한 그녀의 대답이다.

○

　바닥에 쓰러져 있는 원도의 몸을 누군가가 슬쩍 건드린다. 원도가 움직이지 않자 원도의 주머니에 손을 집어넣는다. 원도가 눈을 뜬다. 원래 하얀색이었을, 하지만 낡고 더러워져 잿빛에 가까워진 운동화가 보인다. 고개를 들고 운동화의 주인을 쳐다보려 하지만 시선은 얇은 종아리에 겨우 닿는다. 종아리에 딱 들러붙은 청바지를 보며 춥겠다고 원도는 생각한다. 내 딸. 스타킹 같은 청바지 아니면 입지 않던 딸. 그게 무슨 옷이냐고, 당장 내다 버리라고 윽박지르던 원도. 아빠가 뭘 아느냐고 울던 딸. 키가 클수록 원도를 무시하고 비웃던 딸. 떠오르는 것이라곤 지난날뿐이다. 무심코 살아버린 무수한 날뿐이다.

　원도가 움직이자 운동화가 슬금슬금 멀어진다.

　쓰러진 채 정신을 잃었다면 얼어 죽었을 것이다. 운동화 주인은 원도의 몇 푼 안 되는 돈을 훔치려 했을 뿐 원도가 죽든 살든 신경 쓰지 않았지만 바로 그것, 원도의 것을 뺏으려는 의지로 원도를 살렸다. 지금껏 원도를 살게 한 무수한 타인, 그들의 탐욕과 강탈과 모략의 의지처럼. 몸을 일으킨 원도가 주머니에 손을 넣어본다. 지폐 서너 장이 만져진다. 매끈한 그것을 살살 어루만지다 확 구겨 잡는다. 한때는 이까짓 돈, 아깝다거나 부족하다는 생각 없이 마음껏 썼다. 또 한때는 이까짓 돈, 더럽고 치사해서 안 받는다 하면서도 받아 챙겼다. 산 아버지에게 용돈을 받던 어린 시절, 용돈을 받으려면 어디에 얼마나 썼는지 일일이 기록해서 보여주고 돈을 합리적으로 쓰는 방법에 대해 지겹도록 들어야만 했다. 그래야 다음 용돈을 받을 수 있었다. 또 한때는 이까짓 돈, 이 돈으로 대체 무엇을 할 수 있단 말인가 뇌까리기도 했다. 이삿짐센터 아르바이트를 할 때였다. 매번 약속한 일당보다 터무니없이 적은 돈을 받았다. 사장은 이사 중 파손된 물건값과 밥값과 기름값 일부를 일당에서 뺐다. 그렇게 알뜰히 돈을 아끼면서도 사정이 어렵다고 앓는 소리를 해댔는데, 아르바이트생들 푼돈이나 뺏어 돈을 모으니까 사정이 나아지지 않는 거라고 원도는 생각했다. 푼돈이나 뺏어봤자 재산은 겨우 그 정도 불어날 뿐이다. 1만큼 뺏으면 1만큼 얻고 10만큼 뺏으면 10만큼 얻는다. 돈을 많이 벌고 싶다면 10만큼 가진 자를 공략해야 한다. 하지만 사장 주변에는 1만큼 가진 자뿐이었다. 사장 역시 3정도 가진 자에 불과했다. 10을 가진 자는 사장이나 원도 주변

에 없었다. 이까짓 돈 때문에 그녀를 만날 약속을 미룬 적
도 있다. 만나기 위해서는 돈이 필요했고, 돈이 없는 스스
로를 무능력하다 생각했고, 그녀도 그렇게 생각할 거라 믿
었고, 그래서 차마 돈이 없어 못 만난다는 말은 할 수 없었
고, 애매한 태도를 유지하는 그녀에게 쓰는 돈이 아까울 때
도 있었다. 그녀는 만나자는 말보다 바쁘다는 말을 더 많이
했다. 왜 바쁜지 물어보면 일 때문이거나 사람 때문이었고,
약속이 있다고 할 때마다 그녀가 그날 저녁에 만날 사람은
어떤 사람일까 절로 상상하게 되었다. 상상 속 누군가는 늘
자기보다 돈도 많고 잘생겼고 차도 있고 어쩌면 집도 있는
그런 사람이었다. 오늘처럼 춥고 검고 허기지던 겨울밤, 상
상을 견디기 위해, 상상을 비웃기 위해, 상상을 진짜 상상으
로 만들기 위해, 원도는 약속도 없이 그녀를 찾아갔다. 당신
에게 내가 어떤 존재인지 안다는 것은 문을 여는 행위와 같
다. 문을 열어야 내부가 보인다. 혹은 길이 보인다. 문조차
열 수 없을 때, 잠긴 문고리만 악에 받쳐 비틀어야 할 때, 잠
긴 문 너머에 무엇이 있는지 알 수 없을 때 사람들은 문을
부수거나 문을 떠난다.

　여기, 문 앞에 원도가 있다.

○

문을 두드렸다.
문고리를 비틀었다.
문이 열렸다.
장민석이 나타났다.

○

　장민석은 늘 원도 근처에 있었다. 앞이나 옆이나 뒤에서 원도를 지켜보며 비웃거나 비난하거나 오 제법인데? 중얼거리며 짝, 짝, 짝, 손뼉쳤다. 모두 상상 속 장민석이었다. 상상에 감시당하고 반항하고 주눅 들었다. 마치 헤어진 연인을 떠올리듯 언젠가 한 번쯤 우연히 만나지 않을까 두려운 기대를 한 적도 있다. 만약 만나게 된다면 그 시기는 반드시 장민석이 탐낼 만한 모든 것을 가진 후, 장민석이 허리를 굽힐 만큼 거대한 존재가 된 다음이어야 했다. 허리굽힌 그를 향해 어린 시절 원도를 압도했던 밝은, 아주 해맑은 웃음을 되돌려주고 싶었다. 그 웃음을 자기 것으로 만들기 위해 갖가지 시행착오를 견디며 살았다.

　문밖의 원도를 맞닥뜨리자마자 밝게, 아주 해맑게 웃는 장민석을 보며 원도는 깨달았다.

　이것이다.

　사는 게 아니라 죽지 않은 것이다.

　이것 때문이다.

　장민석이다.

○

　웃는 장민석의 멱살을 그러쥐었다. 문밖으로 그를 끌
어냈다. 머리통으로 얼굴을 들이받았다. 원도의 몸을 밀어
내면서 장민석이 몇 마디 말을 했지만 들리지 않았다. 듣
고 싶지 않았다. 듣지 않아도 알 수 있었다. 완전히 다른 스
크린에서 상영되던 장민석에 대한 상상과 그녀에 대한 상
상이 하나로 합쳐졌다. 전혀 다른 영상인 줄 알았는데 결
국 같은 영상이었다. 그녀가 나왔다. 흥분한 원도를 말렸다.
원도는 더 미쳐 날뛰었다. 그녀가 원도의 뺨을 때리며 차갑
게 말했다. 그만둬! 그만두지 않으면 경찰 부를 거야! 장민
석의 목을 조르던 원도의 손이 맥없이 풀렸다. 허리를 굽힌
채 호흡을 가다듬는 장민석과 그녀의 차가운 눈빛.

　한잔하러 갈래?

　몸을 일으키며 장민석이 말했다.

　선택은, 원도의 몫이었다.

○

죽은 아버지가 원도에게 물었다.

어떤 물을 줄까, 원도야.

두 개의 컵을 유심히 쳐다보던 원도가 손가락으로 컵을 가리켰다.

죽은 아버지는 원도가 선택한 그것을 원도의 손에 쥐여 주었다.

선택은, 원도의 몫이었다.

○

　누군가를 좋아하는 이유는 좋아하게 된 이후에나 만들어진다. "내가 왜 좋아?"라는 질문에는 수만 가지 이유를 늘어놓을 수 있다. 신이 필요한 이유처럼. 그리고 상대는 어떤 이유에도 만족하지 못한다. 겨우 그 정도 이유로 나를 좋아하는가 싶고, 내게 그것이 없다면 나를 좋아하지 않을 텐가 의심하게 된다. 어두운 술집에 앉아 장민석과 그녀를 동시에 바라보며 원도는 생각했다. 그녀는 그다지 매력적이지도 다정하지도 않았다. 첫눈에 반하기엔 너무나도 평범했다. 특별함 따위 도무지 찾아낼 수 없었다. 하지만 원도는 처음부터 그녀를 원했다. 이유를 대자면 단 하나. 그녀를 보는 순간 장민석이 떠올랐으니까. 그녀만이 아니다. 유경에게 오빠라는 소리를 처음 들었을 때도 마찬가지다. 원도가 무언가를 원하게 되는 순간에는 언제나 장민석이 있었다. 만약 유경과 헤어지지 않았다면 이 순간 이 자리에서 불쾌한 표정으로

　여기 얼음 가득 채운 냉수 먼저 주세요!
라고 주문하는 사람은 그녀가 아닌 유경이었을 거라고 원

도는 생각했다. 장민석과 나는 결국 이런 식으로 만날 수밖에 없었다고. 그녀와 장민석이 오래전부터 때론 연인, 때론 친구, 때론 가족 같은 사이로 지냈다는 말 따위 중요하지 않았다. 믿고 싶지도 않았고, 믿을 이유도 없었고, 그 말이 사실이라 해도 달라질 것은 없었다. 원도 역시 그녀와 그런 관계가 되길 원했다. 될 수 있었다. 함께 오랜 시간을 보내면 절로 그런 사이가 되리라 믿었다. 아니, 그녀는 중요하지 않다. 원도가 원하는 것은 장민석이었다. 그의 자리였다. 반드시 그 자리에 들어가야 했다. 그 때문에 그녀에게 요구해야 했다. 원도는 차가운 물을 들이켜며 말을 고르고 골랐다.

나야, 이 자식이야.

신중하게 고른 말이 입으로 나오는 순간 원도는 이것이 아니라고 느꼈다. 하지만 어쩔 수 없었다. 머릿속의 그것을 끄집어 보여줄 수 없었다.

어머니는 잘 계셔?

장민석이 물었다.

이 자식이야, 나야.

원도가 다시 물었다.

여전하시지?

장민석이 물었다.

지금 여기서 대답해.

원도가 말했다.

아버지는 은퇴하셨나?

장민석이 물었다. 그녀는 선택을 미뤘고, 혹은 거부했고, 장민석은 물었다. 원도가 원치 않는 질문들.

씨발 넌 닥쳐.

원도의 대답이다.

어어. 아니지. 네가 나한테 그렇게 말하면 안 되지. 나라면 몰라도.

그 반응을 기다렸다는 듯 장민석이 실쭉 웃으며 대꾸했다. 그녀가 살짝 고개를 끄덕였다. 그것이 그녀의 선택이었을까? 그 고갯짓을 어떻게 해석해야 하는지 원도는 알 수 없었다. 그녀는 끝까지 선택을 거부했다. 장민석인지 원도인지, 혹은 두 사람 모두인지, 두 사람 다 아닌지. 심지어 시간이 필요하다는 선택조차 하지 않았다. 원도는 닥치는 대로 술을 마셨고, 다음 날 눈을 뜨자마자 익숙한 벽지를 봤다. 방이었다. 온몸이 너무 아팠다. 머리가 깨질 것 같았다. 어쩌다 이렇게 술을 많이 마셨는가 생각했다. 기억의 뚜껑은 열리지 않고, 미세한 틈으로 기억의 냄새만 아주 흐릿하게 새어 나왔다. 그 역겨운 구린내를 감지하자마자 구역질이 올라왔다. 변기로 달려가 전날 먹은 것을 게워내며 기억의 뚜껑을 필사적으로 비틀어 열었다. 살짝 열린 틈으로 그녀와 장민석이 보였다.

어머니는 잘 계시지? 그렇게 말하면 안 되지. 친아들은 아니니까. 너처럼 되고 싶진 않았어. 좀 닮지 않았냐? 형제와도 나눌 수 없는 거야. 다 알고 있었지. 내가 봐준 거야. 첫눈에 반했는데. 이젠 좀 인정하지? 네가 진 거야.

머리와 꼬리가 잘린 채 부패하기 시작한 말의 악취가 무럭무럭 피어올랐다. 장민석에 대한 생각을 멈추고 그녀의 말을 떠올리려 애썼다. 다시 구역질이 올라왔다. 형체를 알아볼 수 없을 만큼 짓이겨진 기억을 변기에 쏟아내고 급히 물을 내렸다. 끙끙거리며 방으로 돌아와 서둘러 잠들었다. 잠에서 깨어나면 다시 토했다. 잠들고 토하기를 반복하며 긴 시간을 보냈다. 더는 게울 것이 없어 차라리 위장을 통째로 토해버리고 싶은 순간 전화를 받았다. 그녀였다.

○

　비좁은 인도를 벗어나 차도로 달렸다. 다리가 꼬이고 휘청거려 자꾸 넘어졌다. 사방에서 경적 소리가 들렸다. 위협적으로 달리는 수십 대의 자동차가 원도 옆을 아슬아슬 스쳐 갔다. 총알이 빗발치는 전장에 알몸으로 선 사람처럼 순간순간 죽을 고비를 넘겼다. 겨우 택시를 잡아탔다. 병원 입구에 닿자마자 퍼런 침과 위액을 게워내고 정신을 잃었다. 하루가 지나서야 깨어났다. 눈을 뜨자 산 아버지가 보였다. 절로 눈이 감겼다.

　아빠, 물.

　거실에 오도카니 앉아 있던 어린 원도가 말했다. 스케치북에 무언가를 그리던 죽은 아버지가 원도를 가만히 쳐다봤다.

　물 줘. 물.

　원도가 또박또박 말했다. 죽은 아버지의 눈두덩이 잠시 붉어졌다.

　엄마는 언제 와?

　어린 원도가 죽은 아버지에게 다가가며 물었다.

그러게, 언제 올까, 엄마는.

죽은 아버지가 혼잣말처럼 대답했다. 그리고 원도를 보며 웃었다. 밝게, 해맑게. 엄마는 없고 키 큰 아빠가 웃어서 어린 원도는 마음이 상했다.

물 줘, 아빠.

원도가 다시 요구했다. 죽은 아버지가 두 개의 컵에 천천히 물을 따랐다. 따르며, 한참을, 망설였다. 망설이는 죽은 아버지를 원도가 채근했다.

빨리 줘. 빨리.

제가 고른 컵을 들고 원도가 말했다.

아빠는 안 마셔?

죽은 아버지가 원도를 바라봤다. 원도는 당당하게 요구했다.

아빠도 같이 마셔.

눈을 떴다. 낯선 남자가, 하지만 언젠가 본 것 같은 남자가, 분명 중요하지만 어째서 중요한지 알 수 없는 남자가 원도를 내려다보고 있었다. 아름다운 눈이었다. 남자의 까맣고 커다란 눈동자에 자그마한 원도가 비쳤다.

……물 좀.

원도가 요구했다. 남자가 컵에 물을 따랐다.

엄마는?

남자의 고혹적인 콧날과 매끈한 피부에 정신을 뺏긴 채 원도가 물었다. 컵을 쥔 검고 투박한 손이 원도 앞으로 튀어나왔다. 컵 바깥으로 투명한 물이 넘쳐흘러 원도의 얼굴을 적셨다. 아름다운 남자는 사라지고 까만 눈동자만 남았다. 구멍 같은 눈동자 속에서 씨앗처럼 작은 원도가 순식간에 부풀어 올랐다.

○

사라질 리 없다.

어딘가에 숨어 있다.

아니라면 원래 없던 것이다.

잊었어? 설마 나를 잊었어?

외면당한 기억은 그렇게 튀어나온다. 아이의 몰랑몰랑
한 손에 쥐어진 피범벅 된 눈알과 비틀어진 혓바닥처럼. 긴
잠에서 깨어난 아이는 손바닥을 펼쳐 제가 가진 것을 자랑
스레 보여준다. 당신의 상상과 기대를 천연스레 배반하며.
별안간 뒤틀리는 삶이 아니다. 살면서 외면해온 상처가 켜
켜이 쌓이다 결국 무너져버리는 당연한 귀결이다. 순서가
있다. 원도가 물을 달라고 했다. 물을 마시자고 했다. 죽은
아버지와 원도가 물을 마셨다. 아버지는 죽고 원도는 살았
다. 원도가 물을 달라고 하지 않았다면, 만화영화를 보며 낄
낄 웃고 있었다면 혹은

아빠, 물.

이 아니라

아빠 뭐 해?

라고 말했다면

　　엄마는 언제 와?

가 아니라

　　아빠, 이리 와.

라고 말했다면, 그랬다면 죽은 아버지는 조금 더 오래 망설였을지도 모른다. 기나긴 망설임 끝에 마주친 화살표는 정반대 방향을 가리켰을지도 모른다. 알 수 없다. 일어나지 않은 일이다. 일어난 일에 대해서만 말하자면 죽은 아버지의 죽음에는 분명 원도의 의지도 묻어 있다. 절대 그것을 원하지 않았다 **너는 모른다** 하더라도 원도의 한마디는 죽은 아버지가 저승으로 가기 위해 밟아야 했던 돌다리 역할을 했다. 돌다리가 아니어도 좋다. 돌다리를 붙잡고 있는 진흙이어도 좋다. 모래알이어도 좋다. 어떤 역할을 했는지는 중요하지 않다. 중요한 것은, 아무것도 하지 않은 것은 아니라는 사실이다. 정신을 차린 원도가, 산 아버지가 건네는 컵을 의도적으로 박살내버린 원도가, 복도 끝을 향해 힘겹게 걷는다. 질문도 답도 없이 오직 한 곳만을 보며 걷고 또 걷는 원도.

　　저기 저 끝에 중환자실이 있다. 그곳에 장민석이 있다.

○

　장민석은 언어와 감각을 모두 잃고 심장만 뛰는 채로
누워 있었다.

　모른대. 아무도 모른대.

　그녀가 말했다.

　어디서 어떻게 된 건지 아무도 몰라. 본 사람이 없어.

　울면서 말했다.

　탄탄한 장민석의 몸 곳곳에 하얀 붕대가 감겨 있었다.
그것을 벗겨내면 시뻘건 상처가, 검은 구멍이 드러날 것이
었다.

　……기억이 안 나.

　원도가 중얼거렸다.

　너랑 같이 있었잖아. 네가 마지막으로 봤잖아. 어디서
헤어졌는지 몰라?

　그녀는 원도와 장민석을 술집에 남겨두고 먼저 집으로
돌아갔다고 말했다. 원도의 기억에는 먼저 떠난 그녀조차
없었다. 조각난 몇 마디 말이 남아 있을 뿐이다.

　네가 그렇게 생각할 만해. 그래, 이해해.

그 말이 튀어나올 때마다 원도는 장민석의 입을 꿰매고 머리통을 산산조각 내버리고 싶었다. 원도를 이해한다는 말은 장민석 생각에도 어머니와 그녀가 원도보다 자기를 더 사랑하는 것처럼 말하고 행동했다는 의미였다. 어머니와 그녀의 진심 따위 중요하지 않았다. 원도가 의심하고 장민석이 이해하는 순간 그것은 사실이 되었다. 그랬다. 장민석의 말에 분명 분노했다. 분노했지만, 장민석이 사라져버리면 좋겠다고 생각했지만 이건 아니다. 이런 식은 아니야, 인공호흡기에 가려진 장민석의 콧날을 내려다보며 원도가 중얼거렸다.

○

사고 추정 시각은 새벽 4시경. 사고를 당한 곳은 장민석의 동네도, 그녀 집 근처도, 원도가 사는 곳도 아니었다. 장민석의 삶과 아무 연관 없는 한적한 길 한가운데였다. 주택가도 상가 밀집 지역도 도로 인접 구역도 아니기에 CCTV를 확보할 수 없다는 말은 경찰이 했다. 자가 호흡이 불가능한 상태라고, 외부 자극에 전혀 반응이 없다고, 검사를 반복해보겠지만 현재로서는 뇌가 완벽하게 죽은 상태라는 말은 의사가 했다. 경찰은 원도가 비틀거리며 택시를 잡는 영상과, 택시 기사의 증언과, 집 근처 전봇대 아래에서 구토하는 영상을 확보했다. 살아남은 원도를 증언해줄 사람과 영상은 있었지만 뇌사에 빠진 장민석의 진실을 대변해줄 무엇도 찾을 수 없었다. 그것에 대해 말할 수 있는 자는, 죽지도 살지도 않은 상태로, 감각과 말을 잃은 채 누워 있는 장민석뿐이었다. 장민석의 뇌가 살아나길 기다리며 그녀는 내내 울고, 원도는 제 안의 괴물과 싸우며 조금씩 미쳐갔다.

아빠, 물.

꿈을 통해 되살아난 기억이 원도를 지배했다.

물 줘, 아빠.

다만 꿈일 뿐 사실이 아닐 수도 있었다. 하지만 꿈과 사실의 경계에 불안이란 터빈이 설치되고 믿음이란 에너지가 공급되는 순간, 기억의 조립은 순식간에 이뤄지고 가정은 사실이 되었다. '아빠, 물'과 비슷한 짓을 장민석에게 했을지도 모른다는, 그래서 장민석의 뇌가 죽어버리는 길에 돌 하나를 얹었는지도 모른다는, 이를테면 죽어버려 개새끼야, 꺼져버려 씨발놈아, 닥쳐 씹새끼야, 또 이를테면 너 때문이야, 너만 아니었으면, 너만 사라지면, 또 이를테면 엉망으로 취한 장민석을 혼자 두고 떠났다거나, 술값에 원도의 택시비까지 내놓은 장민석이 혼자 걸어가다 뺑소니 혹은 강도를 당했다거나, 원도를 먼저 택시에 태워 보내고 그다음 택시에 탄 장민석을 택시 기사가 가격했다거나, 말도 없이 떠나버린 원도를 찾던 장민석이 낯선 지역까지 흘러들었다가 폭행당했다는 갖가지 가정이 원도를 몰아붙였다.

나다.

내가, 원했기, 때문이다.

원도의 눈이 그녀에게 가닿았다.

넌 뭘 했지?

쓰다 버린 휴지처럼 함부로 구겨져 울고 있는 그녀.

무엇을 원했지, 너는?

그녀는 아무 선택도 하지 않았다. 아니다. 그녀는 선택하지 않는 것을 선택했다. 그런 그녀의 선택으로 장민석의 뇌가 죽었을 수도 있다. 그녀가 만약 확실하게 장민석을 선택했다면 원도는 그 순간 자리를 박차고 나갔을 수도, 술집에서 그녀 혹은 장민석을, 죽여버리겠다며 길길이 날뛰었을 수도 있다. 아무리 날뛰어봤자 술집이고, 술집은 어쩌면, 사람도 건물도 CCTV도 없는 한적한 길보다는 덜 위험한 곳일 수도 있다. 그랬더라면, 그녀가 무엇이든 선택했다면, 장민석의 뇌가 죽는 대신, 찢어진 입술과 퍼렇게 멍든 광대뼈 정도로 그쳤을 수도 있다. 그녀도 돌을 놓았다. 그녀의 의지도 묻어 있다. 이 불행에서 아무도 자유로울 수 없다.

그만 좀 울어. 뭣 때문에 우는 거야. 누굴 위해 우는 거야. 운다고 뭐가 달라져?

중얼거리던 원도가 전화를 건다. 신호 대기음이 끊기고

여보세요.

어머니다.

네 잘못이잖아. 울지 마.

하고 말하던 어머니.

지난 세월 수많은 순간 지금의 그녀처럼 울던 어머니.

○

　어머니. 제가 꼭 알아야 할 게 있어요.

　다급히 말한 후, 원도는 말을 잇지 못했다. 알아야 할
것이 너무 많았고, 알게 될까 봐 두려웠다. 돌고래는 어째
서 돌고래고 나는 어째서 나야? 하고 물을 만큼 세상 모든
것이 궁금했고 세상 전부를 이해할 수 없었던 원도는 어느
날부터 질문을 참는 아이가 되었고 순식간에 질문을 두려
워하는 어른이 되었다. 대부분 질문에는 정해진 답이 있었
다. 굳이 시간과 감정을 허비하며 누군가에게 묻지 않더라
도 질문과 동시에 전형적인 답이 떠올랐다. 답 없는 질문은
사람들을 불편하게 했고, 그래서 원도는 입을 다물곤 했다.
입을 다문 채 전화기를 들고 있던 원도가 어렵게 다시 입을
열었다가, 무엇부터 어떻게 물어야 할지 알 수 없어 다시
입을 다물었다. 나는 친아버지가 누구인지도 모르고, 죽은
아버지가 왜 죽었는지도 모르고, 죽은 아버지가 죽은 뒤 산
아버지가 언제 나타났는지도 모르고, 산 아버지가 나타난
건지 처음부터 그 자리에 있었던 건지도 모르고, 산 아버지
가 친아버지라면 죽은 아버지는 누구이며 어째서 나는 그

를 아빠라고 불렀는지, 죽은 아버지는 왜 나와 살았으며 무엇 때문에 내 앞에서 죽었는지, 죽은 아버지와 어머니는 대체 무슨 관계였는지, 어머니는 어째서 내 앞에서 울거나 무표정했는지, 죽은 아버지가 남긴 글자를 어머니는 어떤 의미로 받아들였는지, 어째서 없애지 않고 간직했고, 간직해서 내가 그것을 읽도록 했는지, 무엇을 믿고 무엇을 용서하고 무엇을 이해하라는 것인지, 부모라는 사람들이 한다는 말이 어째서 다 그 모양인지, 당신에게 장민석은 무엇인지, 어째서 장민석을 내 앞에 갖다 두었는지, 나와 장민석이 바뀌었으면 좋겠다고 생각한 적은 없는지, 산 아버지는 몇 대나 맞아야 하는지, 죽은 아버지에게 나는 어떤 존재였는지, 당신에게 나는 어떤 존재인지, 어떻게 지내십니까, 어머니, 요즘도 혼자 밥 먹습니까, 어머니도 물어볼 것이 있습니까, 이렇게, 나처럼, 나에게.

빽빽하게 들어찬 온갖 의문을 뚫고 메마른 목소리가 튀어나왔다.

제 탓이 아니죠, 어머니.

어머니는 말이 없다.

아니라고 말해주세요, 엄마.

○

　장민석의 가족은 인공호흡기를 떼고 부검하지 않고 장
기를 기증하겠다는 증서에 서명했다. 장민석의 온전한 장
기는 그것이 필요한 사람에게 즉시 옮겨졌다. 원도와 그녀
는 아무 선택권도 갖지 못한 채 병원 복도에 멍청히 서 있
거나 앉아 있을 수밖에 없었다. 장민석 몸에 남겨진 상흔은
말했다. 범인은 길고 모나지 않고 딱딱한 물건, 이를테면 야
구 배트 같은 것으로 머리를 수차례 가격했다고. 하지만 범
인이 장민석의 무엇을 훔쳤는지는 경찰도 가족도 장민석의
몸도 침묵했다. 원도는 생각했다. 범인은 장민석의 뇌를 훔
쳤다. 그의 말과 감각을 훔쳤다. 기억과 진실을 훔쳤다. 잠
깐씩 잠들 때마다 장민석의 머리통에 손을 집어넣어 뇌를
끄집어내 씹지도 않고 삼키는 꿈을 꿨다. 꿈이 무섭고 괴로
워 잠을 참으려 해도 기면증에 걸린 것처럼 불시에 쓰러져
잠들기를 반복했다. 장민석의 장례식엔 많은 사람이 찾아
왔다. 인정받으며 살았구나. 장례식장을 가득 채운 사람들
을 보며 원도는 생각했다. 사랑받으며 살았어. 죄책감으로
잠시 닫혀 있던 마음의 문을 거세게 두드리는 소리. 다시

질문이 시작될 것이라는 신호였다. 죽은 자로서 죽은 아버지처럼, 장민석 역시 늙지도 죽지도 않고 원도 주변을 맴돌다 결정적인 순간마다

너는 왜 죽지 않았지?

추궁하리라는 뼈저린 예감. 장례가 끝난 후 그녀는 떠났다. 원래 없던 사람처럼 감쪽같이 사라졌다. 텅 빈 냉장고에 홀로 남은 생수처럼 겨우내 원도는 춥고 깜깜한 방 안에만 틀어박혀 있었다. 문을 열면, 문밖에 세워둔 시리고 무서운 마음이 원도를 향해 폭삭 고꾸라질 것 같았다. 그것을 두 팔로 받아낼 자신이 없었다. 기억 속 어머니는 언제나 봉사하고 희생하는 사람이었다. 강박적이라고 느껴질 만큼 지나쳤다. 가끔 집에 들러 화난 사람처럼 먼지를 털고 방을 닦고 가구를 옮기고 빨래를 하고 변기를 닦고 냉장고를 채워 넣으며 우는 사람. 다시 집을 떠나 죽어가는 노인의 마른똥을 치우고 엄마 잃은 아이들의 입에 밥을 넣어주던 사람. 원도에게 어머니는 분명 존재했지만 그 자리는 비어 있었다. 텅 빈 그곳을 온갖 상상과 환상으로 채우다 어느 순간 잊었다. 잊고 살다 가끔 절감했다. 절감할 때마다 사랑하고 싶었다. 누구라도. 무엇이라도. 아니다. 사랑받고 싶었다. 누구에게든. 무엇에게든. 장민석과 함께 살 때, 어머니

는 달랐다. 그랬다고, 원도는 기억한다. 왜 그랬을까. 장민석의 무엇이 어머니를 다른 사람으로 만들었을까. 원도의 키가 30센티미터 이상 자라는 동안에도 어머니는 변치 않았다. 평생 단 한 사람만을 위해 기도하는 수녀처럼, 아무 요동도 갈등도 없이, 티 나지 않게 조금씩 늙어갈 뿐이었다.

파리하게 늙은 겨울 밑으로 어린 봄이 머리를 내밀기 시작한 날이었다. 봄의 얼굴이, 어깨가, 몸통이 빠져나오고, 겨울과 봄을 이은 탯줄이 끊어져 봄의 매끈한 몸뚱이에 최초의 흉터가 만들어진 그날, 원도는 어머니를 찾아갔다. 찬란한 햇살 때문에 어머니를 똑바로 쳐다볼 수 없었다. 원도는 장민석이 죽었다고 말하지 않고, 장민석을 만났는데 이제는 만날 수 없게 되었다고 말했다.

민식이. 장민식이.

먼 곳에 시선을 두고 어머니는 드문드문 말했다.

아뇨. 장민석이요, 어머니.

어머니는 장민석의 이름을 제대로 기억하지 못했다.

응. 알지. 작고 마른 애.

아뇨. 아니에요. 작지 않았어요. 저랑 비슷했어요. 기억 안 나요?

기억나지. 너랑 친했잖아.

아뇨. 우린 매일 싸웠어요. 싸우다가 장식장을 깨뜨려서 제가 집에서 쫓겨난 적도 있어요. 모르시겠어요?

응. 기억난다. 너 중학생 때였나.

아니. 열한 살이었어요. 장민석이 어버이날에 어머니에게…… 카네이션과 머리핀을 줬잖아요. 기억하세요?

그래. 그랬지.

원도가 어머니를 똑바로 쳐다보며 말했다.

아뇨. 백합과 손수건이에요. 어머니, 장민석을 몰라요?

원도에게 잠시 눈길을 주던 어머니가 겨우 대답했다.

아니다. 기억난다.

원도는 어머니의 그 눈빛을 읽었다.

아뇨. 어머니, 어머니는 몰라요.

……아니다. 기억해. 하지만…… 모든 걸 다 기억할 순 없잖니.

어머니의 표정이 점점 텅 비어갔다.

근데 왜 나한테 그런 선물을 줬을까. 장……민석이가.

어머니가 엄마처럼 걔를 보살폈잖아요.

…….

어머니가 기억하지 못한다면 내가 기억하고 있는 것은 대체 다 뭐란 말인가. 그 기억 때문에 장민석이 없을 때도 장민석의 그림자와 끊임없이 경쟁해야 했는데, 그 때문에 생긴 괴로운 기억 또한 헤아릴 수 없이 많은데, 그것이 언제나 내 주변을 맴돌고 있는데, 그 밑그림을 그린 어머니는 무책임하게 모든 것을 지워버렸다. 도대체 어떻게?

어머니, 이건 중요해요. 다른 사람은 몰라도 어머니는 기억해야 돼요.

아니다. 그런 건…… 그것 말고도 기억해야 할 게 너무 많아, 원도야.

망설이던 원도가 선택했다. 선택하고 입을 열었다.

어머니는 아시죠. 아버지가 왜 죽었는지.

말하면서 원도는 여태 모르고 지나갔던, 생각조차 한 적 없던 질문 하나를 떠올렸다.

정확히 언제예요, 그날이? 제삿날이 있긴 있어요?

표정을 일그러뜨리던 어머니가 조용히 울었다. 원도는 순식간에 깨달았다. 죽은 아버지다. 죽은 아버지가 어머니에게 묻고 있다. 너는 그날 무엇을 했느냐고. 어머니 또한 자유롭지 못하다. 상처는 나에게만 있는 것이 아니다. 한 번도 어머니에게 물어보지 못했다. 죽은 아버지에 대해. 그의 죽음에 대해. 그는 내게 자꾸 질문하는데 나는 답을 할 수 없었고, 어머니에게 물어보고 싶었지만 어머니는 있어야 할 자리에 없었다. 무엇을 피해 자리를 비웠을까. 무엇 때문에 보살핌이 필요한 사람들 속으로 숨어버린 것일까. 질문은 더 깊은 상처를 만든다. 하지만 묻지 않는다고 상처가 아물어 흉터가 되지는 않는다. 그대로 있다. 벌건 살을 드러낸 채 끊임없이 피를 흘리며, 굳지도 아물지도 하물며 썩지도 않고, 처음 구멍 그대로 존재한다. 그 자리에서 시간은 멈췄다. 어쩌면 어머니 역시 죽은 아버지가 죽어버린 그 날로부터 단 일 초도 살지 못한 것일까. 어머니가 용서라는 뚜껑으로 덮어둔 그것. 산 아버지가 이해라는 배트로 짓이겨놓은 그것. 운다고, 침묵한다고, 희생한다고, 이해하고 용서한다고, 믿는다고 달라지는 것은 없다. 헛짓이다. 그것을 그대로 두는 한 질문은 끝나지 않는다.

어머니는 뭘 알죠? 난 기억해요. 난 봤어요. 아버지는 물을 마시고 죽었어요. 내 앞에서 죽었어요. 물에 뭘 탔죠? 알약 같은 걸 삼킨 거예요? 그 다섯 글자가 아버지 유서예요? 유서라고 장담해요? 혹시 다른 유서가 있어요? 왜 죽는지, 무엇 때문인지 아버지가 말했어요? 어머니, 아버지가 내게도 물을 줬어요. 알아요? 나는 왜 그 사람을 아빠라고 불렀어요? 왜 아무도 내게 말해주지 않았어요? 일의 순서를. 이유를. 내가 누군지. 어째서 내가 그날 그것을 봐야 했

225

는지. 내가 대체 뭔지!

　앉은 채로 몸을 구기며 어머니는 점점 작아졌다.

　엄마.

　원도가 두 손으로 어머니의 얼굴을 감싼 채 들어 올렸다. 우는 모습을 똑똑히 보며 말했다.

　적어도 나는 알아야 해. 난 다 봤는데, 나 혼자 봤는데, 그런데도 아무것도 몰라. 그 사람이 나의 무엇인지도 몰라. 이게 말이 돼?

　어머니가 입을 열었다.

　모른다. 나도 모른다. 너처럼 몰라.

　원도가 원하는 답이 아니었다. 어머니마저 모른다면 결국 아무도 모르는 것이고, 그날의 진실을 아는 이는 죽은 아버지뿐이다. 아버지는 모든 것을 알고 있다. 하지만 그는 진실을 먹고 죽어버렸다. 어머니는 알아야만 했다. 알면서도 말해주지 않는 것이어야 했다. 어머니마저 모른다면, 그것은, 없는 것과 같았다. 최초로 원도는 죽은 아버지의 죽음에 대해 어머니를 의심했다. 죽은 아버지가 밟고 간 길. 어머니가 놓은 돌. 그것의 크기와 위치를. 어머니의 의지를.

○

그럼 누구야, 내 친아버지는.

원도가 물었다. 순서대로 물었다.

네가 아버지를 닮았잖아.

어머니는 교묘히 정답을 피하고, 원도를 시험하듯, 정답 비슷한 것을 정답처럼 내놓았다.

어떤 아버지.

거울을 봐라. 보면 알 것 아니니.

원도는 죽은 아버지의 얼굴을 기억하지 못했다. 구멍이었다. 죽은 아버지는 "나를 믿어라"라고 말하지 않았다. **"아버지를 믿어라"**였다. 대체 누굴 믿으란 말인가. 겨우 한다는 말이 모른다는 말뿐인 어머니. 어머니는 나의 고통을 모른다고, 원도는 생각했다. 당신 아들인 나의 지옥, 나의 구멍도 모르면서 다른 이의 고통을 닦고 다른 이의 구멍을 이해하려 애쓰는데, 이해는 산 아버지다.

지금 아버지는, 경찰 아버지는 뭐야. 언제부터 아버지야.

너 어릴 때 죽은 그 사람도 아버지야. 아버지였어.

대화가 불가능했다. 어머니는 진실을 말할 생각이 없어

227

보였다. 선택은 다시 원도 몫이었지만 어머니의 모호한 대답이 원도의 목적지를 지우고 있었다. 대답이 숨기고 있는 진실. 질문. 그리고 함정들. **중요한 건 따로 있다. 하지만 넌 절대 알 수 없다.** 그래. 둘 다 아버지라고 치자. 아니, 둘 다 아니라고 치자. 누구든 상관없다. 누가 내 아버지라도 만족할 수 없다. 아버지 따위 필요 없다. 그게 뭐 중요한가. **아니다. 중요하다.** 분명한 것은 단 하나. 이 사람, 나를 낳은 이 사람이 내 어머니라는 것. 원도는 최소한의 명확한 진실을 쥐고 다시 순서에 대해 **아니다 너는 모른 꺼져 씨발 나한테 이래라저래라 명령하지 마** 생각하다가 자기도 모르게 묻고 말았다.

당신이 날 낳았잖아. 그건 확실하지?

어머니는 대답하지 않았다. 원도 역시 대답을 바라지 않았다. 그것까지 파헤치고 싶진 않았다. 원도는 혼자였다. 철저히 혼자였다. 묻는 이도 대답하는 이도 하나뿐이었다. 원한다면, 스스로 알아낼 수밖에 없었다. 뒤틀리고 증식하는 기억의 잔재 따위 다 버리고 그 중심만을 붙잡은 채, 물질로 남은 것만 믿고, 누가 죽었는지 누가 살았는지, 살아남은 자는 어떤 말과 행동을 했는지 헤아리며 순서를 따져야 한다고 마음을 다잡던 원도가 결국 물었다.

누가 죽었어?

어머니의 눈이 커다랗게 벌어졌다. 벌어진 눈에서 징그러운 눈물이 뚝뚝 떨어졌다.

울지 마, 엄마. 울지 말고 기억을 해. 생각을 해. 그때를. 그날 무슨 일이 있었는지를. 아버지가 죽은 날. 아니, 내가 태어나던 날. 내가 태어나기 전에 누구를 사랑했는지. 아니, 누구를 더 원했는지, 그런 것을 기억해. 아빠가 알았다면, 엄마가 모르는 것까지 알고 있었다면, 그래서 죽었다면 그게 자살이야? 아빠가 몰랐던 건 뭐지? 엄마는 알고 아빠가 몰랐던 것. 그런 것도 있어? 이해하라는 말이나 용서하라는 말은 엄마, 믿으라는 말은 이제 나한테 안 통해. 대체 누굴, 대체 왜 그래야 하는지 그것부터 알아야 이해든 용서든 믿든 뭐라도 할 거 아니야. 내가 잘못된 거야? 이게, 이런 생각이, 잘못이야? 엄마, 사람은, 물을 마시고 죽진 않아. 그렇잖아. 말이 안 되잖아. 근데 말도 안 되는 그게 내 눈앞에서 벌어졌어. 내 눈에 박혀버렸어. 엄마. 알아?

중요한 건 죽은 아버지 스스로 죽기를 선택했는가의 문제다. 정녕 그렇다면, 그런 선택을 한 이유는 대체 무엇이란 말인가. 체념, 좌절, 복수, 어쩌면 사랑? 주변을 얼쩡거리며 아름답고도 쓸쓸한 노래를 읊조리는 죽음을 피하지 않고 그는 그 품에 안겼다. 그것을 오직 자살이라고, 오직 그뿐이라고 말할 수 있을까. 그가 어쩌다 죽음의 노래에 귀 기울이게 되었는지, 그럴 수밖에 없었는지, 원도는 헤아려야 했다. 봤으므로 기억해야 했다. 텅 빈 그 자리. 그곳에 구겨 넣으려던 진실. 하지만 꼭 맞는 조각은 없다. 넘치거나 모자란다. 각자의 구멍이, 손에 쥔 조각이 다르다. 어머니와 산 아버지는 용서와 이해라는 말로 구멍을 지우거나 외면하거나 화해하려 했을 수도 있지만, 이미 패어버린 구멍에 아무리 부어봤자 넘치고 마르다 기어코 다시 구멍이다.

하물며 나는.

원도의 입술이 바르르 떨린다.

무엇을 위한 것인지도 모르고 받아먹어야만 했던 나는. 내게 뚫린, 내가 기억하는 이 구멍은. 되돌릴 수 없다. 분명한 건 없다. 온통 희미하고, 모두 어긋난다.

하지만 단 하나.

이것만은 확연하다.

우연이 아니다. 우연이라고 말해선 안 된다. 모든 것이 결정적이다.

○

　어머니는 송충이처럼 몸을 구부리며 통곡했다. 어머니
가 토해낸 눈물과 침과 콧물과 땀으로 바닥이 흥건했다.
　내 것이었어. 그건. 원도야. 내가 죽으려고 감춰둔 건
데. 내가.
　어머니가 결국 말을 토해냈다.
　기어이 토해낸 것이, 겨우 말이었다.
　고작 말이, 진실일까?
　아니, 내가 원하는 것이 과연 진실일까?
　원하는 것은 단 하나다.
　진실이 존재한다면, 오직 그뿐이다.
　엄마.
　원도가 어머니의 몸을 매만지며 말한다.
　안아주세요.

○

　장민석의 발인 날, 원도는 장례식장에 놓인 화환을 둘러보며 장민석이 가진 명예와 권력을 셈했다. 확실히 자기보다 많은 것을 가진 듯 보였다. 그건 아버지가 그만큼 많이 가진 자이기에 가능했다.

　그래서 장민석이었어?

　그녀에게 물었다.

　나보다 가진 게 많아서?

　그녀는 원도의 말을 제대로 알아듣지 못했다. 원도 역시 자기가 무슨 말을 하고 있는지 다 알지는 못했다. 원도의 얼굴을 빤히 쳐다보던 그녀가 그의 말을 나름대로 이해한 후 내뱉은 말.

　그렇게 살아. 그렇게만 살아. 그래야 당신답지. 그게 바로 당신이지.

　장민석의 죽음 이후 한동안 원도는 15도 정도 위태롭게 기울어진 건물에 갇힌 기분이었다. 기울어진 방향으로 모든 것이 미끄러져 쌓여갔다. 균형이 맞지 않았다. 미끄러지지 않기 위해, 혹은 언제 무너질지 알 수 없기에 늘 단단

한 무언가를 꽉 쥐고 있어야 했고, 일단 많은 것을 끌어모아 균형을 맞춰야 했다. 뭐든지 갖고 싶었다. 되도록 많이. 부족하지 않은 것을 넘어 안심할 수 있을 만큼. 안심을 넘어 즐길 수 있을 만큼. 즐기는 것을 넘어 무관심할 수 있을 만큼. 그렇게 가질 수 있는 것이라곤 돈뿐이었다. 사람이나 인정이나 사랑으로 채우기는 불가능했다. 돈을 많이 갖기 위해 돈이 많은 곳으로 들어갔다. 가진 것을 뺏기지 않기 위해 남의 것을 뺏는 일에 골몰했다. 언제나 자기보다 많이 가진 자를 주시했다. 그들은 원도를 버티게 했으며, 죽은 자의 질문을 무가치한 것으로 만들었다. 그래서 더더욱 많이 가진 자에게만 접근했고 친분을 이어갔다. 질문에 시달리던 시절이 있었다. 도망치고 싶던 때도 있었다. 하지만 세월이 가르쳐주었다. 무관심하면, 외면하면, 질문하지 않으면 애써 도망칠 필요도 없었다. 모두 지난 일이라고, 당사자들이 알아서 할 일이라고, 자기는 그 일에 아무 연관도 책임도 없다고 믿었다. 괴로워할 사람은 괴로워하고, 후회할 사람은 후회하겠지. 아무도 말하지 않는 진실, 말할 수 있는 자는 죽어버린 진실 따위에 휘둘리고 싶지 않았다. 죽은 사람은 죽었으니 상관없고, 살아남은 사람은 더 잘 살아야 했다. 잘 사는 기준은 타인의 시선과 인정으로 만들어졌다.

대박 나세요, 부자 되세요,라는 말이 유행처럼 번졌다. 기준이 명료한 만큼 원도의 인생도 명료해졌다. 과거는 없으며, 현재는 지금 이 순간, 그리고 현재보다 중요한 미래. 원도는 시간을 조각내어 불필요한 과거를 쓰레기통에 처넣었다. 그러자 확실히 삶은 세련되고 윤택해졌다. 종종 장민석의 아버지를 찾아가 아버지라 부르며 안부를 묻고 식사를 하고 머리를 숙였으며, 명절마다 고급 위스키나 자연산 송이 따위를 선물했다.

과거는 빠르게 지워졌다.

죽은 아버지도 산 아버지도 죽은 장민석도 사라진 그녀도 더는 원도를 괴롭히지 않았다.

의심은 없었다. 확신뿐이었다.

그리고 원도는 혼자가 되었다.

○

이제 와 다시 원도는 생각한다.

'만족스럽다'라는 아버지의 마지막 글자를. 있는 그대로
의 만족을 말하는 것일 수도 있다. 타인은 절대 알 수 없는
그만의 만족이 있었을지도 모른다. 원망이나 체념이나 복
수가 아니라, 뒤틀린 의미가 아니라 정말 만족해서, 원했던
무언가가 완벽히 채워졌기에 순전히 자기 의지로 죽음을
선택했는지도 모른다. 그렇다면 어머니의 용서하라는 말은
결국 자신을 용서해달라는 말이 아닌, 무책임하게 죽어버
린 그를 용서하기 위해 외웠던 주문인지도 모른다. 그러므
로 산 아버지의 이해하라는 말은 그런 그녀를 이해하고 싶
다는, 무책임한 그녀를 이해해야만 한다는 그만의 기도였
는지도.
　얼마든지 뒤집을 수 있다.
　퍼즐을 맞춘 후, 전체 그림을 보기 전에 다시 판을 뒤엎
고, 새로운 그림을 맞춰갈 수 있다. 조각은 많다. 모두 반드
시 필요한 조각이다. 모든 순간이 결정적이다. 살아야 할 이

유라면 무수히 많다. 살아내는 일분일초, 모든 행위와 생각
이 모두 사는 이유다. 어떤 것은 이유고 어떤 것은 이유가
아닐 수 없다. 인간은, 그런 식으로, 드문드문 살 수 없다.
살고 싶었다. 삶에 특별한 이유가 있어서가 아니라, 그것을
모른 채로도 살았고, 살아 있으므로, 사는 데까지는 살고 싶
었다.

○

지금 여기, 원도.

모든 불행을 남의 탓으로 돌리는 데 익숙해진 원도. 많은 이를 파산시키면서 돈을 모은 원도. 결국 빈털터리가 된, 그럼에도 불구하고 오직 단 하나의 그것만 바라는 원도가 새벽의 빙판길을 걷는다. 피를 토하며 걷는다. 녹지 않고 딱딱하게 얼어버린 눈 위에 새로운 눈이 쌓인다.

여기가 어딘가.

적막한 사방을 두려운 눈빛으로 둘러보며 생각한다. 뇌가 죽어가던 순간 장민석을 덮쳤을 감정에 대해. 죽은 아버지가 눈을 감기 직전 마지막으로 보았을 장면에 대해. 두 사람의 망막 혹은 머릿속에는 분명 내가 있었을 것이다. 그들에게 나는 어떤 모습으로 남았을까. 영영 사라지지 않을 것만 같다. 그들이 마지막으로 보거나 떠올린 내 모습이 온 세상을 돌고 돌아 결국 차가운 얼음으로 쏟아지는 것만 같다. 얼음 하나하나에 내가 담겨 있는 것만 같다. 얼고 녹고 스며들다 다시 쏟아지는 과정의 반복. 산다면, 평생, 그들의 마지막과 그들이 마지막으로 본 나를 떠올리며 살아야 할 것이다.

산다면.

원도가 중얼거린다. 걸음을 멈춘다. 멈추길 기다렸다는 듯 주저앉는다. 겨울이라 긴 새벽. 당연히 아침은 오겠지만, 아침은 오는 것이 아니라 늘 그 자리에 있고, 다만 내가 그곳으로 가는 것이라 생각하며 원도는 긴 새벽을, 걸어야 할 거리를, 망연히 쳐다본다. 오래 살지 못할 것이다. 간은 이미 굳어버렸고, 굳어버린 그것을 치료할 돈은 없다. 병은 깊고, 그것은 회복이 아닌 종언을 기다리고 있다. 원도 때문에 파산한 자들 중 몇몇은 원도처럼 걸인이 되었다. 스스로 목숨을 끊은 자도 있다. 그들과 그 가족은 분명, 원도가 죽어 마땅하다고 생각할 것이다. 그리고 그녀 역시, 결국 자신의 불행이 되어버린 장민석의 죽음과 맞닥뜨렸을 때, 죽었어야 할 사람은 장민석이 아니라 원도였다고 생각했을 수도 있다. 장민석 또한 마찬가지. 열한 살과 열두 살의 어느 날, 혹은 그보다 멀거나 가까운 어느 날, 그 역시 가상의 원도에게 시달리면서, 제발 죽어버리라고 수십 수백 수천 번 저주의 말을 내뱉었을지도 모른다.

그리고 지금 여기, 당신.

지금까지 원도의 기억을 쫓아온 당신도 한 번쯤은 이렇게 생각했을 수 있다.

이런 인물이라면 차라리 죽는 게 낫지 않은가?

○

일어나려면 일단 앉아야 한다. 걷기 위해선 먼저 멈춰야 한다. 함께하길 원한다면 우선 혼자여야 한다. 죽지 않고 살기 위해서는 기억해야 한다. 어떻게 살아왔는지를. 기억하고 선택해야 한다. 미룰 수 없다. 거부할 수 없다. 주저앉았던 원도가 일어난다. 걷는다. 아직 어둡다. 눈이 내린다. 해가 뜨더라도 충분히 밝지만은 않을 것이다. 여전히 추울 테고, 몹시 배고플 것이다. 당장 내일 죽을 수도 있다. 원도가 걷는다. 망설이며 걷는다. 걸으며 묻는다.

왜 사는가.

이것은 원도의 질문이 아니다.

왜 죽지 않았는가.

이것 역시 아니다.

그것을 묻는 당신은 누구인가.

이것이다.

○

대실이요, 숙박이요?

여관 주인이 묻는다. 원도는 말이 없다.

자고 갈 거요?

주인이 다시 묻는다. 망설이는 원도.

거기 혼자요?

더럽고 병든 원도를 마뜩잖은 눈으로 쳐다보며 주인이
묻는다.

……나 혼자요.

원도가 대답한다.

쓰는 동안은 힘들지 않았다.

소설이 내게 복수하듯 글을 끝내자마자 힘들어졌다.

초고를 끝내던 밤을 기억한다. 1월 27일이었다. 춥고 어
둡고 적막한 방이었다. 마지막 글자에서 눈을 떼자마자 너
무 무섭고 외로워서 무작정 밖으로 나갔다. 걷고 걷다 버스
를 탔다. 일요일 밤이라 차도 사람도 드물었다. 사람들은 서
로를 안 보고, 풍경을 안 보고, 손에 든 핸드폰만 쳐다봤다.
제 손에 쥔 환한 창만 보는 것이 이 시대의 예의였다. 버스
는 신촌과 서강대교와 여의도와 신대방을 훑고 지퍼를 여
닫듯 같은 길을 거꾸로 내달렸다. 유령처럼 떠돌다 자정 넘
어 방으로 돌아왔다. 따뜻한 물에 몸을 씻고 헤드폰을 쓰고
핑크 플로이드의 〈Wish You Were Here〉를 크게 크게 들

으며 출판사에 원고를 보냈다. 그 밤 이후 거의 매일 취해 잠든다. 그렇다. 아무도 내 마음을 모른다. 당연하다. 내가 아닌데 내 마음을 어찌 알겠는가. 나 역시 당신 마음을 모른다. 외롭고 무섭더라도 아무나 붙잡고 엉엉 우는 미친년이 되지 않으려면 손에 쥔 작은 창만 봐야 한다. 그게 예의니까.

그러니 먼저 바라는 것은 나부터 나를 제대로 아는 것이다. 나를 배반하지 않는 것이다. 나는 지금 소통의 불가능을 믿는다. 타인의 몰이해를 믿는다. 그 믿음이 나의 입구며 출구다.

초판 발행 날짜는 2013년 12월 24일. 무척 추운 겨울이었다. 당시 나는 원도처럼 혼자였고 간절하게 기억을 헤집으며 갈등했다. 나는 왜 살아 있는가, 살아 있다고 말해도 되는가, 이렇게 계속 살아도 되는가 질문했다. 이제는 '어떻게 살아야 할 것인가'라는 질문을 따라가며 소설을 쓴다. 계속 살아야겠다고 마음먹은 것이다.

초고를 쓸 때 파일명은 '원도'였다. 출간하면서 '나는 왜 죽지 않았는가'라는 제목으로 바뀌었다. 당시 출판사가 그 제목을 원했다. 이유를 충분히 이해했으나 반대하고 싶었다. '나는 왜 죽지 않았는가'라는 문장 자체가 나에게는 커다란 공포였으니까. 책이 나를 빤히 바라보며 끊임없이 질문할 것만 같았다. 그러나 '원도'를 원하는 사람은 나뿐이었고, 그때나 지금이나 나는 전문가 의견을 따르는 편이다.

출간 후 책장 구석진 곳에 책을 꽂아두고 다시 펼쳐보지 않았다. 내 안에 들끓던 무서운 질문을 소설로 써서 전부 버렸다고 믿었다. 내겐 다른 이야기가 필요했다. 겨울은 끝나고, 또 다른 겨울이 도래하고, 쉼 없이 글을 쓰던 2018년 어느 날, 절판을 요청하는 메일을 출판사에 보냈다. 출판사 내부 사정과 개인적인 이유가 맞물렸다. 그렇게 이 소설은 초판으로 끝나리라 생각했다.

몇 년 전 '나는 왜 죽지 않았는가'라는 제목의 그 책이 온라인 서점의 중고책 시장에서 정가의 서너 배 넘는 가격으로 판매된다는 사실을 알고 놀랐다. 겨울밤 어둠 속에서 홀로 스러져가는 원도처럼 고요하게 잊힐 줄 알았는데…… 대체…… 왜……? 극소수일지라도 원도의 이야기를 찾아 읽는 사람들이 존재한다고 생각하자 문득 무서워졌다. 써서 버렸다는 믿음은 착각이었다. 나는 여전히 그 질문을 두려워하고 있었다.

개정판 작업을 시작하기까지 고민이 많았다. 십여 년 전에 쓴 나의 글을 다시 읽는 데는 꽤나 큰 용기가 필요하니까. 한편으로는 고마웠다. 나조차 외면하고 있는 '원도'에게 관심을 가져주는 사람들에게. 책장 구석에서 책을 꺼내 펼쳤다. 책 속에는 십여 년 전 책갈피 삼아 만들었던 빳빳한 종이가 있었다. 그것에 다음의 두 문장이 적혀 있었다.

인간은 과연 구원을 호소하지 않은 채 살아갈 수 있는가?
이 문제가 바로 나의 관심의 전부다.
–《시지프 신화》(알베르 카뮈 지음, 김화영 옮김, 책세상)

소설을 쓰던 당시 골몰한 주제일 텐데, 그 또한 까맣게 잊고 있었다. 소설 속 문장처럼 '느닷없이 벽을 뚫고 튀어나오는 주먹' 같은 '그 안에 꽃잎이 있을지 잘린 혀가 있을지 터진 눈알이 있을지 다이아몬드가 있을지, 전혀 짐작할 수 없는' 기억들. 그래서 나는 과연 구원을 호소하지 않은 채 살아갈 수 있는가? 그때 내 대답은 기억에 없다. 지금 내 대답은 '그럴 수 없다'.
　제목에 관하여, 십여 년 전과 정반대의 일이 일어났다. 나는 본래 제목을 유지하길 원했고 출판사에서는 '원도'라는 제목을 원했다. 초판과 개정판이 별 차이 없으므로 원제를 쓰는 게 옳다고 생각했다. 원제를 바꾸는 행위가 '나는 왜 죽지 않는가'라는 제목에 이끌려 책을 선택했을 극소수의 초판 독자에게 서운함을 주지 않을까 우려도 됐다.

시간이 흘러 다시 보니 '나는 왜 죽지 않았는가'라는 제목이 꽤 파격적이며 심지어 멋지다는 생각도 들었다. 그 질문에서 어느 정도 멀어진 것이다. 두렵지만 피하고 싶진 않을 만큼. 하지만 '나는 왜 죽지 않았는가'를 원하는 사람은 나뿐이었고, 그때나 지금이나 나는 전문가의 의견을 따르는 편이다. 그렇게 이 소설은 십여 년 전의 파일명을 되찾았다.

어쨌든 나에겐 사랑이 필요하다는 호소. 그것을 전하려고 계속 소설을 쓰는 것만 같다. '이렇게 계속 살아도 되는가'라는 문장은 '이렇게 계속 사랑해도 되는가'라는 문장과 크게 다르지 않다. 결핍뿐이라고 생각했는데 넘쳐흘렀다. 언제나 흐르고 있었다. 이 소설은 어쩌면 흐르는 그것을 잠시라도 막아서 내 안에 가두어보자는 안간힘이었는지도. 이 소설을 들여다보며 다시금 깨달았다. 그때 원도의 이야기를 썼기 때문에 다음 질문으로 건너갈 수 있었음을.

개정판을 제안해주었던 김준섭 님, 개정판 작업을 함께 해준 최해경 님, 책이 나오기까지 힘써준 한겨레출판 여러분께 감사드립니다. 초판을 읽어주신 분들, 중고책을 찾아주신 분들께 진심으로 감사드립니다. 여러분이 아니었다면 용기 내지 못했을 거예요. 지금도 저는 소통의 불가능과 타인의 몰이해를 생각합니다. 더는 믿지 않고 그저 생각합니다. 질문을 따라 계속 나아가겠습니다. 그 길 위에서 언젠가 다시 만날 수 있길.

2024년 3월

최진영